菊葉荘の幽霊たち

角田光代

ハルキ文庫

JN266369

角川春樹事務所

目次

菊葉荘の幽霊たち　5
解説／池田雄一　183

菊葉荘の幽霊たち

吉元《よしもと》と二人、各駅切符を買って座席から窓の外を眺め、吉元が降りたいと言うところで下車して改札を出た。京王線なら京王線、中央線なら中央線、同じ路線の町はどこで降りても似ていた。そのせいで、同じ場所をぐるぐるとまわっているような錯覚《さっかく》を覚えてしまう。

わたしたちはこんなことを半月も前から続けている。平日の、どこかまのびした町をほっつき歩いている。

吉元は私鉄沿線の、木造二階建てのアパートに住んでいて、一階部分には大家の老婆が住んでいるのだが、今年の夏、老婆から一刻も早く部屋を出ていくよう言い渡された。吉元はその理由を訊《き》こうともせず、言われるままおとなしく不動産まわりなどはじめてみたのだが、一ヶ月が過ぎても二ヶ月が過ぎても希望物件は見つからず、夏も終わり、引っ越しシーズンの九月も過ぎて、いよいよ物件は少なくなり、困り果てた吉元はしかし妥協するということをせず、あらゆる町の建物を物色することをはじめた。

吉元が言うには、場所なんかはどうでもよくて、大切なのは建物であり部屋そのものである。今住んでいる部屋も、最初に引っ越すときどことなく「いやあな」感じがした、間取りも陽当《ひ》たりも駅からの距離もよかったがそれでもどことなく部屋がそっけなかった、だからこんなふうにおいそれと追い出されることになったのだ。場所なんかどこでもいい、ただもう、自分のためにあるような部屋、自分の体をはめこむために作られたような部屋をしらみつぶしに捜すのだ、と彼はめずらしく声に力をこめて言った。

それで彼がはじめたことといえば、ある路線のある駅であてずっぽうに降りて、その町をぶらつき、ひしめくように建つアパートやマンションを眺めて、気に入った建物の壁にあわよくば空き室ありの看板がかかっていないか、口を開けて歩きまわることだった。

わたしが仕事をくびになったと聞いた吉元は、部屋捜しの同行を求めてきて、もう半月もこうして一緒に歩いている。もちろん吉元の住みたいと思う建物に空き室の看板などかかっているはずもなく、あちこちの町を見ているから次第に目が肥えてきたのか、ここはなんだか猥雑《わいざつ》で嫌だ、気取りすましていて嫌だとどんどん要求は細かくなり、一緒に歩くわたしは内心、こいつの気に入る部屋なんて一生見つからないのではないか、体にあつらえたようないれものなんて棺桶《かんおけ》のほかにないのではないかと思ってもみるのだが、彼の誘いを断ってみたところですることもなく、自部屋でくびになった理由などつらつら考えて果てしなく落ちこみそうな気がして、結局一緒に歩いている。

その日わたしたちが歩いたのは、各駅停車しかとまらない小さな駅で、駅前にはスーパーマーケットもデパートもなく、ロータリーから三方向に、放射状に商店街が広がっていた。真ん中の商店街が一番大きく、入り口には「パールセンター」と書かれたアーチが建っていた。右側は「一番街」で左側は「大学通り」と、電柱に小さな看板が出ていた。

改札を出た吉元は三方向に延びる大小の通りをじっと見つめていたが、一番街を選んで歩きはじめた。中田製パン店、くすりの井上、ファミリーマート、吉元はいつもと同じに、通りに並ぶ看板を読みあげて歩いていく。通り沿いには一定の間隔で銀杏《いちょう》の木が植えられ、まだ落ちそうにない葉は黄色く色をかえはじめていた。

一番街の商店街はすぐとぎれてしまった。横断歩道を渡るとその向こうは住宅街が広がっている。信号待ちをするわたしと吉元にまとわりつくように、ランドセルにビニールカバーをかけたこどもたちがかたまりになって通り過ぎていく。黄色いカバーは陽の光を反射してぴかぴか光っていた。

昨日中国でパンダのこどもがたくさん生まれたってテレビでやってて、たしかにたくさんのパンダのこどもが映ってたんだけど、ねえ、知ってた、パンダって、生まれたときから黒いところと白いところとあるんだよ、へえ、シマウマなんかはないのにね、そうだっけ、シマウマは生まれたときもしましまじゃないの？　そんな話をしながら住宅街をめちゃくちゃに歩く。

何を基準にしてか吉元はふと角を曲がったり引き返したりし、わたしはおとなしくついていく。ときどき吉元は立ち止まり、目の前に建つマンションやアパートをしげしげと見つめ、

「ここ、いいなあ」

放心したようにつぶやく。

「おれここに住みたいなあ」

そしてわたしたちはこそこそした態度でそのアパートなりマンションなりの門をくぐり、ポストを調べ、名前の書いていない部屋番号を調べてその部屋までいき、ドアに耳をあてたり電気のメーターを見上げたりした。

もちろん、ポストに名前が書かれていなくてもほとんどすべての部屋にだれかしら住んでいた。メーターはまわっていたし、ドアのわきの小窓からは洗剤ややかんの影が見えた。

「空いてないみたいだね」

わたしは言い、

「やっぱりいいところは空いてないんだよなあ」

吉元は肩を落とし、またこそこそとその敷地を出る。再び吉元の嗅覚《きゅうかく》にまかせて徘徊《はいかい》を続ける。

吉元が何を思ってなんの変哲もない住宅街の角を曲がるのかわたしにはわからず、また吉元が「いい」と見とれる建物の基準も理解できない。出窓がついた全壁ピンク色の、どう見たってセンス地獄いきのアパートも「いいなあ」と言い、彼のようなアルバイト男がとうてい住めないだろうオートロックの高級マンションも「住みたいなあ」と言い、かと思うとたび重なる空襲に耐えてきたような木造アパートにもうっとりとした視線を向ける。こんなところに住めたらなあと、ベランダがなく窓ばかりが並んだそっけない建物を眺めて吉元が言い、正面にまわってみたらそれは病院だった、ということもあった。

こうして歩いていると、次第に奇妙な気分になってくる。こんなにもたくさんの部屋があるのにどうしてみなふさがっているのだろう。わたしたちが見ているのはすべて賃貸住宅であり、だれもがその部屋を所有せず住んでいて、きっと何年か後にはそこを出る。しかし現在わたしたちの前に空き部屋はない。とすると、部屋と人々の数は決定されていて、彼らはみな順繰りに部屋という部屋を移動しているとしか思えない。わたしたちの知らない隙《すき》に、こっそりと。

勝手に入りこんだマンションの屋上でたばこを吸い、はるか遠くまで連なる家、ビル、区切られたそのひとつひとつに疑いなくだれかしら住んでいる。小さく区切られた場所にふとんを敷き食料をもちこみ電話でだれかと話し、恋人を連れこみテレビをつけたり消したりしながら順繰りに移動していると考えると気が遠くなりそうだった。

一番街を引き返し、新たに大学通りを進み、商店街を中程まで歩いて吉元は豆腐屋の角でふと曲がった。豆腐屋の角を曲がるとやはり住宅街が広がっているが、色合いがワントーン落ちたような印象がある。建ち並ぶ家々はみなそろって赤茶けたトタン屋根、外壁の古びた木造の平屋建てで、家と家の隙間は垣根で仕切ってあった。

ここに住みたい、ではなく、ここに住むよ、と吉元が今までとは違う妙に確信めいた強い口調で言ったのは平屋住宅のなかにまぎれこむようにして建っていた木造のアパートの前だった。

周囲を覆う背の高い木々のせいでアパートはさらに小さく見えた。垣根の門から入り口までは丸い石が点々と続いていた。庭は広く、雑草が生《お》い茂っていて、使われていない井戸があった。わたしたちはそっとなかに忍びこんだ。

ずっと昔、たとえば昭和がまだひとけた代だったころには旅館だったのではないかと思えるような建物だった。入り口のガラス戸は開け放たれ、黒光りする廊下がひっそりと奥まで続いている。廊下の両側には、上部に小さなガラス窓をはめこんだ木のドアが並んでいた。

廊下に足を踏み入れる。黒く沈んだ木の床はひんやりとしていた。すべてのドアには番号の書かれた、黄ばんだ紙がはりつけられていた。鰹節《かつおぶし》のにおいがし、小さく柔らかい音楽が聞こえ、テレビのなかの笑い声がどこかから聞こえた。廊下を中程まで進んでふりむくと、開け放たれた扉の部分が切り落とされたように白く光っていた。黒々とした廊下には、無数の足あとが浮き上がっている。

「おれ決めたよ、あそこに住むことにしたよ」

日が暮れはじめ、パールセンター内にある居酒屋のカウンターで吉元はきっぱりと言い放った。その声には数ヶ月かかってようやく理想の住まいを見つけた満足感がにじみ出ていた。

「でも空いてる部屋なんかなさそうだったじゃん。ああいうところって、逆に人気があるんじゃないのかなあ、なんか雰囲気あるし」

そう言うと、吉元はわたしを正面から見つめ、

「おれわかったんだよ」

静かに、しかし強い口調で言う。

「今までのやりかたじゃだめなんだよ、空き部屋の看板なんかうそっぱちばっかりだし、不動産屋は頼りにならないし、人が住んでるからあきらめるっていうんじゃ、いつまでたってもどこにも住めないんだよ。おれはやりかたをかえる。強気でいくことにした」

そう言いきって、しばらく無言のままわたしを見つめていたが、ひとつうなずいてジョッキのビールを飲み干した。金色の液体のなかで無数の小さな泡が混じり合いながら吉元の喉《のど》に流れこんでいく。

「やりかたをかえるって」

シロとカシラとシシトウが運ばれてきて、わたしたちの前に皿を置く毛むくじゃらの店員の腕を見下ろしてわたしは訊《き》いた。

「住みたいところを見つけるんじゃなくて、見つけたところに住むんだよ」

「だからどうやって」

「つまり、あそこのアパートが満室なんだったら、住人を一人追い出せばいいんだよ。そんでそこにおれが入ればいいんだよ」

焼き鳥に大量の唐辛子《とうがらし》をふりかけて吉元は答えた。

「はあん」

わたしは曖昧《あいまい》にうなずいた。

毛むくじゃらの手がモツ煮を置き、ぶり大根を置き、わたしたちは黙ったまま次々に並んでいくそれらを見つめていた。背後のドアから数人の客がなだれこむように入ってきて、店はあっという間ににぎやかになる。

「おれは最近ほとほと実感したんだけど、住む場所というのは、人にとってまったく重要なんだよなあ」

消え入るような声で話しはじめる吉元の、住む場所に対する熱い思いを、彼の口元に耳をひっつけて聞かなければならなかった。

カウンターのわたしの隣には中年男と若い女のカップルが座り、吉元の隣にはネクタイをしめた若い男が二人額をつきあわせ、わたしたちの背後では金髪や長髪や鼻ピアスがテーブルを占領し、今から戦闘におもむくかのような派手な乾杯をしている。彼らの吐き出す大量な声の隙間を縫って吉元はぼそぼそとしゃべる。

おれはずっと落ち着かない気分だった。落ち着かないっていうのは、さてなんかしようってまったく思えないってことなんだ、なんかしようっていうのはたとえば就職、結婚、そんなご大層《たいそう》なことでなくても、たとえばめし、腹が減ったとするじゃん、めし食うけど、さあ食おうって思わないんだ、もうずっと。腹が減ったら満たすものでいいわけ、ポテチでもカップラーメンでも。でもそうじゃないだろ人の生活って。腹が減ったら、さあ、うまいもの食おうって、それが人ってもんだろ。おれはなんだかそういう人間らしい気持ちからずっと離れて暮らしている気がするよ。そもそも、それはあの部屋がいけないんだ。ばばあに出てけって言われてる、あの、そっけない、おれとなんにもつながりのない部屋がさ。

吉元は珍しく興奮してしゃべった。はあん、とか、ほおん、とか相づちを打ちながら聞いた。

「でもどうやって住んでる人を追い出すの」

吉元が一息つき、うしろの金髪たちの声がトーンを落とすのを待ってわたしは訊いた。

吉元はびっくりしたような追いつめられたような顔つきでわたしを見、

「なんとかして追い出すんだよ」

と答えた。

それきり彼は何も言わなくなり、わたしも黙って並んだ料理に箸《はし》をつけた。うしろの席の男たちの声がわたしたちの合間に乱入してくる。

あれはブスじゃない、ブスには分類されない。いやあれがヒトシの好みだっていうならそれでいいじゃん。違うんだよ、あいつがおれの好みだっていうんじゃなくて、おれが好きなのはねえ、これブスかな、ブスだよなって思いかけたときに、ふっとかわいい表情したりするとぐっとくるわけよね、そういうのが好きなのおれは。ああわかるわかる、こいつのよさを知ってるのはおれだけって感じだろ？　彼らはみな一様に声をはりあげてしゃべり、わたしと吉元は今まで何を話していたのかさっぱり忘れて神妙に彼らの会話に聞き入る。

おれはやだけどね、ブスはやだ。じゃあ訊くけど、ブスで超性格がいいのと、美人で性格悪いのと、おまえどっちがいいんだよ？　おれ美人！　絶対美人、だって性格っておれ次第でかえられるじゃん。かえらんねえよ、性格なんて。ちょっと待て、おまえらどうしてもキョウコがブスだってことにしたいんだな。そうは言ってねえよ、今のはたとえばの話だよ。彼らは白熱し、古典的な選択に夢中になって叫びあい討論を交わす。

「うまくいくよ、絶対」

思い出したように吉元が言った。部屋の重要性について語ったときと同様、力強いはずだったその声は、背後の「おれは絶対ブスはパス」に半分かき消された。

なかなか終焉《しゅうえん》を見せない彼らの議論を聞きながら勘定を済《す》ませ、店を出た。商店街は帰路をたどる人々と、明かりをこうこうとつけた小さな店でにぎわっていた。

「もう一度あそこ見にいっていいかな」

吉元が言い、わたしはうなずいて大学通りの方向を目指す。道路沿いの電信柱に飾られたビニールの花が、風にあおられてかさかさと鳴っていた。

大学通りもにぎやかだったが、パールセンターに比べるといくぶんうらぶれた雰囲気だった。コンビニエンス・ストアの店先では、小学生がたむろしてパンや菓子を食べ、群れになった大学生がもつれあうように居酒屋ののれんをくぐり、一方通行の狭い道路を幾台かの車やバスが通り過ぎた。そこここに明かりは灯《とも》っていたがパールセンターより闇《やみ》が濃かった。

豆腐屋の角で曲がって木造のアパートの中に立ち、中をのぞく。口を開いた引き戸から延びる廊下には、たったひとつ吊《つる》された裸電球の、淡い橙《だいだい》の光が灯っていた。焼き魚のにおいがし、コマーシャルの音声が小さく聞こえた。

わたしはふいに、自分がまだ小さなこどもで、ついさっきまでおおぜいの友達と駆けまわって遊んでいて、夕暮れになって一人また一人と帰っていくのを見送り、自分がどこへ帰ったらいいのかわからなくて途方に暮れているような、そんな感覚を抱いた。帰ろう、隣で吉元がささやき、わたしは彼の手を握った。吉元の手は足元の廊下のように冷たく湿っていた。思いきり息を吐くと酒のにおいがした。


吉元は高校時代の同級生で、そしてはじめてわたしが一緒に眠ったあかの他人だった。それはもうずいぶん前のことになる。

そのときわたしたちは高校三年生だった。吉元の両親がテレビだかラジオだかに応募して温泉旅行をあて、二人そろって留守で、吉元の兄はすでに家を出て下宿していたので、わたしは性交することを目的として吉元の家に泊まったのだった。

することをしおえてから（おたがいはじめてだったのでひどく時間がかかり、かつとんでもなく重労働だった）、うつらうつらと眠り、ふと目覚めたのはちょうど日が昇りかけたころだった。吉元は壁に体をくっつけてぐっすりと眠っていた。嗅《か》ぎ慣れないふとんのにおいを吸いこんでわたしは目を凝らし、目に入るものすべてを眺めまわした。

天井には光る星のシールがべたべた貼《は》られていた。色あせた青いカーテンがおもての光で白くふくらんで見えた。壁には世界地図が貼ってあった。目を細め、かろうじて読める、チャイナやモロッコという文字を口の中で発音してみた。学習机はずいぶん使いこんだものだった。色の抜けたキティちゃんやドラえもんのシールが一ヶ所にまとめて貼りつけてあった。床にはカセットが散乱していた。聞いたことのない鳥の鳴き声が遠く聞こえた。

それはひどく遠い場所、たとえば壁に貼ってある地図のマリ共和国とかアブダビとかいう言葉からわたしが想像するものと似ているような気もし、あるいはもっとはるか遠く、この世のどこかではない場所みたいにも思えた。目覚めたら吉元もそんなふうに、見慣れない場所を嗅ぎまわるように部屋を眺める気がした。

吉元と眠る前はわたしはずっと一人で眠っていたんだなあと、そのときそんなことを考えた。赤ん坊のときはもちろんだれかが隣で眠っていたのだろうけれど、見ず知らずのだれかと並んで眠るのははじめてのことなのだと、処女膜を破ったことよりそのことに心を動かされた。

ゆっくりと青く明るくなりつつある部屋の中で、わたしの知らない吉元の十八年間を想像してみた。ドラえもんのシールを貼る小さな吉元や、星のシールを貼るために椅子《いす》に乗ってのばしたであろう吉元の爪先《つまさき》や、そんなものを思い浮かべた。わたしはそのとき何かを思った。その何かをあてはめることのできる言葉を捜してみたが、みつからなかった。

吉元、わたしなんだか、しあわせだよ、それでわたしはそんなことを言ってみた。そう言ってみるとわたしの思ったことはしあわせというのと少々違うものであることがはっきりした。熟睡しているはずの吉元が間をおいて、おれも、と低く答えたので、起きているのかとのぞきこんだが彼は眠っていた。

しあわせってこういうことなのかもしれないよ、吉元がもう一度答えるか興味があったのでわたしはもう一度言った。吉元は今度は何も答えなかった。すこやかな寝息だけが聞こえた。

金曜だった。ほぼときを同じくして会社をくびになったともちゃんと夜じゅう飲んで、おろされたシャッターの前で始発電車を待ちながら、上司をののしり、会社をこきおろし、無職になった自分たちの運命をのろい、そのうちなんとなく、高尾山にいこう、昇る朝日にわたしたちの近い未来を祈ろう、勢いづいてそう言い合い、シャッターが開くとともに切符売り場まで走ったのだが、実際のところ体力はそうそう残っておらず、ともちゃんはやっぱり帰ると力無く言って自分の家へ向かう切符を買った。わたしはわたしで、すでに買ってしまった高尾山いきの切符を掌《てのひら》のなかで持て余しながら彼女に手をふり、朝日を見て祈る気持ちなどさらさらなかったが、切符がもったいないような気がして高尾山いきの始発電車に乗りこんで、眠った。

正気を取り戻すころ、すでに電車はぎゅうぎゅうに混《こ》んでおり、ふりかえって窓ガラスに額を押しつけると見知らぬ町を走っていた。すぐ前に立つスーツ姿の男の腕時計を盗み見ると八時近かった。どうやらわたしは終点までいってまた戻ってきたらしい、いや、終点までいってまた戻りきってふたたび高尾へ向かっているのか。

座るわたしの目の前で、吊革《つりかわ》につかまった男たちや女たちは斜めになりながら新聞や雑誌を片手で持って読み、電車が揺れるたびにわたしのほうにのしかかってきた。いろんなにおいがした。香水の、納豆の、化粧品の、足の裏のにおいがした。

一ヶ月ほど前まで、わたしもこの中に混じっていた。もちろん路線は違うが、今目の前にいる顔ぶれと区別がつかないほどよく似た人々で構成された電車に乗って会社を目指していた。アルバイトだったが、ジーンズをはいていくといやな顔をされるのでいつもヒールのある靴を履いていた。自分が混じっていたときは、こんなにいろんなにおいがすることに気づかなかった。スーツ姿の男の広げるスポーツ新聞の、こちらに向けられたエロ記事を読むともなく読んでいると次第に酔いも眠気もさめてきて、くぐもった声がくりかえす次の停車駅が、このあいだ吉元と歩いた町であることに気づいた。

電車がとまり、かたまりになった人々をほぐすようにがむしゃらにドアを目指し、乗りこんでくるまたかたまりの人々に体当たりをしてようやくホームに降り立った。その駅で降りたのはわたしだけだった。梅干しの種のようにわたしだけを吐き出して、電車は扉を閉めゆっくりと走り去る。

駅前の牛丼屋《ぎゅうどんや》で朝食を食べ、大学通りを歩いた。クリーニング屋が店先でたばこをふかし、家具屋がシャッターを開けながら彼と言葉を交わし、パン屋が香ばしいにおいをまき散らしていた。一日のはじまりの顔をした人々が駅に向かっててきぱきと歩き、電信柱のビニールの花は朝の光をあびて誇らしげだった。夜にはみ出していたあのうらぶれた感じはまったくしなかった。

店からしゅうしゅうと湯気を出す豆腐屋の角を曲がり、吉元が住むと決めたアパートの前に立つ。門をくぐって飛び石を踏み入り口に近づく。表札が目に入った。黒く汚れた板に、菊葉荘《きくはそう》と、かすれてしまってようやく見える文字で書いてあった。引き戸は今日も開いたままになっている。首を伸ばして廊下をのぞく。卵料理のにおいがする。

菊葉荘の斜め向かいが駐車場になっていて、一番手前にとめてある埃《ほこり》まみれのシビックの陰に隠れ、わたしは引き戸を見つめた。あの入り口をくぐってどんな人が出てくるのか興味があった。わたしはそこに座りこんだ。昼ごろまでここで日向《ひなた》ぼっこでもして、だれも出てこないようなら帰ろうと考え、ひまなんだなあと我ながら感心した。

八時半近くに女が飛び出してきてわたしは身構えたが、女は尋常《じんじょう》でない素早さで路地を走り豆腐屋の角を曲がって去っていった。わたしが腰を上げるよりも早かった。甲高《かんだか》い音楽を鳴らしながらゴミ収集車が通り過ぎ、ランドセルの一団が走っていき、路地はまた静まり返る。

男が出てきた。九時三十五分である。若い男だった。さっきの女のように急いでおらず、飛び石をスキップするように渡って門を出、しゃがみこんでスニーカーのひもを結んでいる。シビックの陰に中腰になってわたしは彼を見守った。

袖《そで》が革の切り替えになった赤いスタジャンを着て、背中には青いパーカのフードを垂らし、ベージュのパンツをはいている。スニーカーのひもを結び終えると、鞄《かばん》から垂れているイヤホンを耳につっこんで歩きはじめる。おそるおそる立ち上がりあとを追った。

男はじつにのんびりした歩調で豆腐屋の角を曲がり、駅と反対の方向へ向かい、途中、コンビニエンス・ストアに入って菓子パンとコーヒー牛乳、スポーツ新聞を買い、不動産屋のショーウィンドウの前で数分立ち止まって貼《は》り紙を見て、また歩きはじめた。男がうしろを歩くわたしに気づく気配はこれっぽっちもないので、気分がよかった。男の赤いスタジャンの背中には、ユニバース、とローマ字が金色で縫い取られていて、その八文字が何かの暗号に思えてくるほど見つめて歩いた。

　奥に進むに従ってどんどんさびしげな光景になっていく。大学通りはふととぎれ、左右に道の広がったT字路になる。男は左に曲がり、郵便局でさらに左折し、酔っぱらったような足取りでのろのろと歩き、わたしも一定の間隔を開けてのろのろと、隅々まで陽《ひ》のあたる細い道を歩いた。

　男がたどり着いたのは、大学だった。住宅街を抜けたところにその大学はひっそりとあった。通りの先に大学があるから大学通りなのか、と、今さらながらそんなことを考えてやけに重々しい門をくぐる。奥にそびえ建つ校舎まで続く歩道を、葉先を黄色くした銀杏《いちょう》並木がふちどっていた。本を抱えた数人が連れ立ってわたしを通り過ぎていき、自転車に乗った若い女が通り過ぎていき、わたしにはその何もかもが、すべてが完結した一枚の絵のように感じられた。自転車に乗った女子学生のセーターの色、東京駅を連想させる赤《あか》煉瓦《れんが》の校舎、陽を受ける銀杏の葉、歩道に落ちた湿った葉の一枚ですらも、溶けこみ調和していた。輝かしいほど清潔なものに思えた。用もなくここに足を踏み入れた自分が完全に場違いな存在に思え、あわてて赤いスタジャンを捜した。

予定のないその日一日、わたしは赤いスタジャンの背中ばかりを追って過ごした。学内は驚くほど広く、広大な敷地に校舎がいくつも点在していた。スタジャンは赤煉瓦の校舎からコンクリートの建物へ、コンクリートから木造の建物へと移動した。彼が授業を受けているあいだ、廊下のベンチで彼を待った。ひびわれた音のチャイムが鳴り、様々な顔と一緒に赤いスタジャンが出てくると、見知った人でもないのにむやみにほっとした。

古い木造の建物にスタジャン男は入っていき、大学という場所は延々と授業があるものだと感心しているとそこは校舎ではなくて食堂だった。天井が高く、並んだ長テーブルには人が群がり、彼らの放つ騒々しさは天井にぶつかって飛び散り、くぐもって反響していた。天井には窓がはめこまれ、建物のなかは舞い落ちる陽の光で金色に染まっている。金色に染まった光景のなかでみな一様にものを咀嚼《そしゃく》し、飲み下しては口を開いて何かしらしゃべっていた。スタジャンがそうしたようにわたしも入り口のショーケースの前で料理の見本を吟味し、わきに並んだ自動販売機で食券を買い求め、カウンターで料理を受け取った。

スタジャンは奥のほうの席で数人の男とかたまって、やかましくしゃべりながらBランチを食べていた。彼の姿がよく見える場所に腰を下ろし、わたしもBランチを食べた。油っぽいハンバーグとミニコロッケと山盛りのキャベツ、味の薄いみそ汁とぼそぼそしたごはんを交互に口に運んだ。そうしながらもスタジャン男から目を離さずにいた。

そうして眺めていると、自分があの男をこよなく愛しているような錯覚《さっかく》を抱きそうだった。みそ汁を飲み、あの男とともに寝ることを想像した。あのアパートのどこかの一室で、男と並んで横たわり天井を見上げるところまで想像して、ふと、なぜ自分がこんな縁のない場所にきているのか思い出した。

その居酒屋はパールセンターを少しいったところのビルの地下にあった。わたしの隣には背丈の小さい、まだ小学生ではないのかと疑いたくなるような女が座り、左隣にはヤンキースの帽子をかぶった男が座っている。ビールジョッキが配られ、乾杯と叫びながらグラスをあわせ、次々と運ばれてくる料理にだれもが箸《はし》を延ばしている。この場にいるだれのこともわたしは知らない。そしてだれもわたしを知らないはずなのに、不思議に思う人はいないようだから、ひょっとしたら大学生というのはわたしが思うより頭が悪いのかもしれない。

一日じゅうスタジャン男を追いかけ続け、夕方になって彼は大学の門の前で輪を作っている男女数人のグループに混じり、いつ彼から離れたらいいのかふんぎりがつかないままわたしも遠巻きにそのグループを眺めていたのだが、スタジャン男を含むグループ連れはいっこうにその場から離れようとせず、何を話しているのか聞き取ろうと近づいたとき、現在わたしの隣にいる小学生女が「ねえ、いく?」と声をかけてきたのだった。いく、いく、ととっさにわたしは答えて彼女とともに輪に加わった。グループ連れはこれからどこかへ飲みにいこうとしているらしかった。わたしの隣にぴったりはりついて意味不明のほほえみを向け続ける小学生女とともに輪の隅っこに突っ立っていると、いつのまにか輪はのそのそと移動をはじめここまでたどり着いたのだった。ときどきだれかがふりかえって、わたしと小学生女を不思議そうな顔つきで眺めたが、何も言わなかった。彼らについて居酒屋のテーブルにつくと、自動的にわたしの前にビールがきて、やはり自動的に箸と取り皿が配られた。

わたしの隣にはりついてビールをちびちびとすすっている小学生女は名前を清原《きよはら》ヤス子と言う。腕も足もひょろりと細く、それがなおのことヤス子を幼く見せている。ヤス子は茨城出身で隣の駅に下宿している。高校のときと違うクラスの雰囲気になじめず、またサークルにも入りそびれ、友達と呼べる人間が東京にはまだ一人もおらず、したがって電話代も基本料金しか払っていない。というようなことをここにたどり着くまでのあいだに彼女はしゃべった。

そこまでしゃべってわたしをまじまじと見、お名前なんでしたっけ、と訊《き》くので、わたしはあんまり授業にこないからみんなのことも知らないしみんなもきっと知らないと思うとつけくわえてから名乗ると、ヤス子は納得した様子で幾度もうなずいていた。

彼女のおかげで、居酒屋に入る前にこのグループについても知ることができた。彼ら一行はあの大学の一年生であり、何を学ぼうとしているかといえば史学であり、クラスというのは第二外国語の選択によって決まっていて、彼らが選択しているのはドイツ語であるということだった。

長いテーブルの、わたしからはずいぶん離れた場所に座っているスタジャン男を指さし

て、

「あの人、なんていう名前」

ヤス子に訊いた。

「わかりません」

ヤス子は先生にあてられたこどものように言ってから、

「その隣の人なら原《はら》さん、というのよ、原芳春《よしはる》」

訊きもしないのにそう教えてくれた。

所狭しとテーブルに並べられた料理は、プラスチックの皿にのっているせいでどれも偽物のように見えた。彼らは異様なほどの騒々しさで身を乗り出し、つばを飛ばしては会話し、会話の合間合間におたけびをあげた。わたしとヤス子のあいだだけ、落ちくぼんだように静かだった。

わたしは左隣に座るヤンキースの帽子の男の肩をこづき、

「携帯持ってる?」

と訊いた。彼は無言でポケットから携帯電話を取り出して差し出した。吉元の電話番号を押してしばらく待つと、今まで寝ていたような声で吉元は電話に出た。

「あのね、あのアパートに住む男と知り合いになるチャンスができたよ、人数多いし、混ざってても絶対にわかんないからあんたもおいで。この前の駅でおりて、パールセンターにある居酒屋にいるから」

声を落とし勢いこんで言うが、吉元はまだ眠気の混じっている口調で、

「ええと、なんだっけ」

と言う。

「なんだっけじゃないよ、あのアパートに住むんでしょ、だれか一人を追い出すんでしょ」

「ああそのこと。うん、そのつもりだよ」

「だからおいでってば。あのアパートの住人と知り合いになれるチャンスなんだから」

「悪いけど、今日はちょっと」

「今日はって、明日もあさってももうないんだよ。今日かぎりだよ、こんなチャンスは」

「なんていうかさあ、耳の奥がぐりぐりするんだよね。痛いってわけじゃないんだけど、

異物感があるというか、今日の昼ごろから、なんかぐりぐりするんだよ」

吉元はうめくように言った。わたしは電話を切ってヤンキースに返した。長テーブルに陣取ったみんなは次第にそれぞれが話す声の音量をあげ、耳の奥がわんわんしてくる。ヤス子がわたしの右腕にぴったりとくっついてきて突き出しの小鉢を指し、

「これ何かしら、竹輪みたいに見えるけど」

とそんなことを言ってほほえんだ。わたしも曖昧《あいまい》にほほえみ返してからスタジャン男を見た。今日わたしがするべきことを考える。神様がじきじきにわたしに手渡したとしか思えないこの幸運を放《ほう》っておくわけにはいかない。わたしの右腕にそっと湿った掌《てのひら》を押しつけ、

「ねえ見て、あの人どうしてあんなに背が高いのかしら」

そう言って料理を運ぶ店員を指さすヤス子から離れ、スタジャン男の近くにおいてあるしめ鯖《さば》をとるふりをして彼と原芳春のあいだにわりこんだ。しかしわりこんでみたものの何を話していいのかわからず、ヤス子風に彼らに向かって曖昧にほほえんでみる。スタジャン男はだいぶ酔っているのかいきなりわたしの肩に手をまわしてきて、

「あれ、あんた何さんだっけ」

素《す》っ頓狂《とんきょう》な大声で言う。

「本田《ほんだ》だよ、本田典子《のりこ》、あんまり授業に出てないからねえ」

すかさずわたしは言った。

「そうだよ、本田さんだよ、のりちゃんだよ、オメ何忘れてんだよ」

原芳春がわたしの肩においたスタジャン男の手をふりはらった。あなたはなんだっけ、訊くとスタジャンはわたしの耳に口を近づけ、しかしそうする必要のまったくない大声で、タテシナトモノリ、蓼科《たてしな》高原の蓼科に、友達の友、辞典の典、とがなり、ノリってところが一緒だねえとさらに叫んで運ばれてきた焼酎《しょうちゅう》に口をつけた。

向かいに座っていた女の子——赤いタートルネックセーターを着た、髪の短い子で、やけに清潔そうに見えた——が身を乗り出し、

「本田さん、蓼科は飲むとやばいから席移ったほうがいいよ、すぐさわるし、キス魔だから」

つばを飛ばしてそう教えてくれた。どこがだよ、蓼科は女の子にくってかかり、彼らは

言い合いをはじめる。原芳春は真新しい焼酎をわたしにくれ、しめ鯖をあらたに皿に盛ってくれ、いつものことだから気にしないで、と言った。

同級生でもなくまして五つも六つも年上のわたしに、なぜ彼らがこんなによくしてくれるのか理解できなかった。赤いセーターの女の子はわたしをかばうために蓼科と口論を続け、原芳春は気遣って料理をとってくれる。非常にいい気分になったわたしは、大学の飲み会というのはこんなにもすばらしいのか、ならば今回にかぎらずあらゆる大学にもぐりこんで飲み会にこっそり参加しようかと考え、それよりもまず、酔った蓼科がやばいのはこちらにしては好都合であると一人うなずき、視線を感じて顔をあげた。

視線の先にはヤス子がいた。ヤス子は頰《ほお》を丸いかたちに赤らめ、ビールのジョッキを握りしめたまままずっとこちらを見ていた。笑いかけても無表情だった。彼女はこの場で繰り広げられている、どんな騒ぎからも見放されたようにぽつねんと座っているのだった。

わたしは目をそらすことができず数秒ヤス子と見つめあった。ヤス子の紺のカーディガンを見、きちんと糊《のり》のかかったブラウスを見、こちらにまっすぐ向けたつぶらな瞳《ひとみ》を見た。その姿は、病におかされ家族からもその他のすべての人からもうとんじられている、醜い犬を連想させた。わたしは手招きしてみた。彼女は無表情のまま目を伏せて、ビールジョッキをかたく握りしめた。

際限なく空のコップがテーブルに並び、残りかすが乾燥してはりついた皿がそこいらじゅうに放置され、いささか酔った目であたりを見まわすと、耳の奥に騒ぎの余韻は残っているものの人数はだいぶ減っていた。その場にいるのは隅でかたまって何ごとかを真剣に話し合っている三、四人のグループと、蓼科と原芳春、ヤス子とわたしだけだった。いつの間にかヤス子はわたしの隣に座っていた。千円札がテーブルのあちこちに落ちていた。

「終電終わっちゃったかなあ。蓼科くんちって、ここから近い？」

蓼科に訊くと彼はわたしの手を握り、

「近いよ、ものすごく近いよ。目つぶって帰れるくらい近いよ、きてもかまわないよ、おれなんにもしないしさ、だってあんたは典子で、おれは友典で、すげえ偶然なんだから」

熱心に語って一人で大爆笑した。こんなにうまくいくとは思わなかった。彼に握られた手を握りかえし、立ち上がろうとするとヤス子がそれを止めた。わたしのジーンズの裾《すそ》をしっかりと握り、それはよくない、と低い声を出した。原芳春は畳に転がって眠っていた。

「大丈夫、心配しないでいいから」

わたしはヤス子に言ったが彼女はジーンズを持つ手にいっそうの力をこめて、

「いいえやめましょう、わたしの家にいきましょう」

妙に力強い声で言う。

「いいんだって、わたしはこの人の家にいきたいの」

「下りの電車ならまだあるし、うちはひとつ先の駅だから歩いても帰れる、おふとんも二組あるし、静かなところだからよく眠れると思う、朝ご飯も用意できる」

ヤス子は宿屋の客引きのようなことを言ってわたしのジーンズを離そうとせず、いっそのこと彼女を蹴《け》りあげてすぐにでもあのアパートへいきたかったが、

「うるせえな、おめえだれだよ、邪魔してんじゃねえよ」

蓼科が酔っぱらい特有の野太くかつ調子づいた声でからみはじめるので、わたしはしゃがみこんでヤス子の耳元に口を寄せた。

「あんたは原芳春を連れて帰ってよ。原芳春ならいいでしょう」

それを聞くとヤス子は耳たぶまで赤く染め、言葉にならない短い音声を口の中で幾度も

くりかえし、眠りこけている原芳春をそっと揺り起こした。

自分の背丈の二倍はありそうな原芳春を背負い、心配だからわたしたちも一緒に蓼科家にいくと言い張るヤス子をまくために、飲み屋を出てわたしと蓼科は猛ダッシュで走った。駅前を通りすぎて大学通りに向かう途中でわたしは息が切れ、その場にへたりこんだのだが、蓼科はものすごい形相でわたしを走らせようとする。

「すぐ追いつくよ、うち狭いからあいつらは泊めてやれないんだよ。早くして、ほらちゃんと立って、走るんだよ、早く！」

酔いは完全に醒《さ》めたのか蓼科はてきぱきした口調で命令し、わたしを起こす力も、ふたたび走らせる力も相当なものだった。

豆腐屋の角を曲がり、門をくぐって飛び石を踏み、わたしは立ち止まって闇《やみ》にひっそりと沈みこむ古びた建物をじっくりと見た。

「たしかにいいところだねえ」

思わずそう口にしたが蓼科はわたしの背中を押し、早く早くとせかすだけだった。

蓼科の部屋は突き当たりの右側だった。このあいだ吉元と歩いたばかりの黒光りする廊下を進み、彼に続いて部屋に入った。

言葉を失い、その場から一歩も動けないほど、汚らしい部屋だった。

入ってすぐに四畳半ほどのキッチンがあり、その奥が六畳間になっている。玄関の土間には数え切れないスニーカーが山積みにされ、キッチンには大小さまざまな段ボール箱が置かれ、脱ぎ捨てられた衣類が散乱し、その合間に、獣道のように細い一本道が六畳へと続いている。彼に続いて細い通路を通り六畳へいくと、レコード、CD、本、TV、ステレオ、服、ものというものがあふれかえって、畳の色など見える部分はなく、六畳の中央に、聖域のようにそこだけ何もない空間がある。何もないというのは高さがないのであって、そこにはものに囲まれてふとんが一組敷いてある。玄関からの一本道はこのふとんへ続いていた。

「まあ適当に座ってよ」

蓼科は言い、わたしはふとんの上に座った。彼は一本道を引き返し段ボールの合間に埋もれた小型冷蔵庫から日本酒を出してきて、茶碗《ちゃわん》に注《つ》いでくれた。

「いつからここに住んでるの」

においのきつい液体をなめ、わたしは訊いた。蓼科はわたしに向けて尻《しり》を突き出す格好で、CDを物色しながら、四月、と答えた。一枚のCDを取り出してデッキにおさめ、スイッチを押す。

「どうやって?」

「どうやってって田舎《いなか》から荷物宅急便で送ってさ、おれ家具持ってないの、だからまあ楽だったけどね」

「そうじゃなくて、どうやってここを見つけたのかって」

「ああ不動産屋に決まってるじゃない、駅前の、タカラ不動産で紹介してもらって。三つか四つ部屋見たな。仕送り少ないからさ、風呂つきにはどうしても住めないんだよね。六万以上するでしょう、うすらちっこい部屋でさ。ここは三万ちょい、ぼろいけど格段に安いから決めたんだよね、ほかにはさ、さっきの飲み屋のずっと先にもう一軒、そこは四万ちょいだったかな、でさ」

　蓼科はとぎれなくしゃべり、落ち着きなく動いた。とはいっても動ける範囲はふとんの上しかなく、わたしの前に正座したまま、腰を左右にくねらせて、デッキの音量を上げたり下げたり、カーテンを閉めたり、文庫本を手に取ったり元に戻したりしていた。

「まあ学校歩いていけるし、ビデオ屋も酒を売るコンビニも近くにあるからいいっちゃいいけど、でもいかんせん狭いね、こんなだから女の子なんて呼べないっしょ、ここへきた女、あんたがはじめて、いや本当に」

蓼科は言葉の合間にコップ酒を飲み、そこで言葉を切って素早く顔を近づけ、わたしの唇《くちびる》を噛《か》むようになめた。蓼科の唇は冷たく、酒くさく、ぬるぬるしていた。

「あいつらどうしてるかな、芳春あのちびにやられちゃうかな、おれうらまれるな、そしたら」

もう一度コップに口をつけて、

「寝よ寝よ寝よ、何もしないから」

叫ぶように言って電気を消した。わたしと蓼科は並んでふとんに横たわった。ステレオのメモリを表示する、細い橙《だいだい》の線が暗闇のなかで延びたり縮んだりしていた。蓼科は遠慮がちに上半身を起こし、もう一度噛みつくように唇を重ねてきて、片手でシャツの上からわたしの胸をつかんだ。

「引っ越したらいいと思うんだけど」

「へ？」

蓼科は暗闇にかすれた声を出す。

「女の子が呼べるようなところに引っ越したらいいと思うよ、アルバイトすれば平気でしょ」

シャツをまくりあげ、腹のあたりに手を這《は》わせたのち、爆発物にふれるようにおそるおそるブラジャーのなかに手をつっこみ、そういう競技みたいに強く胸を揉《も》みはじめる。

「だって考えてみてよ、あんた今大学一年でしょ、一番いい時期だよ、女の子連れこんで、一緒にご飯食べたり音楽聴いたりしてさ、ここじゃそういうの無理でしょ、ねえ、引っ越しなよ」

彼はわたしに馬乗りになり、フロントホックのブラジャーをはずし、あらわになった乳に顔をこすりつけてなめまわし、とぎれとぎれに答える。

「ばかだな……、引っ越し、か、金かかるじゃん。ここにだって……女の子きてくれたから……もういいんだよ」

「じゃあ来年早々に引っ越すっていうのはどう？　集中的にバイトしてさあ」

　蓼科はわたしの声をまるごと飲みこむようにふたたびわたしの唇をなめまわし、意味不明の言葉をうめいて、そのまま眠ってしまった。わたしの上に乗っかったまま、片手で乳をつかんだまま。

　わたしは蓼科をわきへおろし、天井を見上げた。入り組んだ木目模様が、窓から射《さ》しこむ淡い月の明かりに浮かび上がっている。大きく息を吸い、吐いた。

　嗅《か》ぎ慣れないにおいがいっせいにわたしの内側を満たし、軽く興奮を覚える。目玉だけ動かして、室内を見まわす。白い壁が四方に漂っている。積み上げられた本やレコードや段ボールが、じっと息をひそめる動物たちの影みたいに覆いかぶさってくる。壁に貼《は》られた意味不明のポスター——若い女がこちらに尻をつきだしている——が、暗号じみたものに思える。それを解読すればこの部屋、もしくはアパートに突然、何かの異変が起きるような気が、一瞬する。

　首をまわして隣で眠る男を見る。男は口を開け眉間《みけん》にしわを寄せて眠っている。わたしはこの男を知らない。知らない男と、周囲を埋め尽くすすべてのものをつなげ、たとえば男が積み上げられた雑誌をぱらぱらとめくっていたり、伸ばした足の先にあるキッチンで湯を沸かしていたりするところを想像してみると、しかしわたしはすでに、この見知らぬ男と幾度もともに寝ていたような気分になる。

廊下の両側に三つずつドアがある。どれもぴたりと閉ざされている。物音はしない。廊下から入って右側のドアには1と書きこまれていて、その向かいが2、奥へ進むにしたがって番号は増えて蓼科の部屋が5でありその向かいが6である。廊下の真ん中に突っ立って、1号室から順に眺めていくと、この場所が取り壊しを待つだけの、無人の廃墟《はいきょ》に思えてくる。住人たちはとうの昔に立ち去り、そのまま見捨てられた遺物。

すべてのドアが開け放たれるところを想像した。想像の中で放たれたドアの向こうにあらわれるのはがらんとした和室ではなく、それぞれの住人が放置していった家具がそのまま残る六つの部屋だった。

このアパートに住む六人の、見知らぬ六人の生活のにおいを嗅ぎ取ろうとわたしは鼻をひくつかせる。しょう油やカレーや脱いだ靴下のにおいがするような気がする。しかしそれはどこかの部屋から漂いでた、だれかのにおいというよりは、この場所に染みついたものに思えた。ひょっとしてわたしの生まれる前からこの場所に出入りしていた無数の人々の残していったものに思える。

吉元の部屋の、脱ぎ散らかした衣類をよけ、まだ中身が半分ほど入ったスナック菓子の袋をよけ、CDケースと雑誌をよけて真ん中にスペースを作り、画用紙を広げてマジックペンで菊葉荘の平面図を書きこんでいく。入り口を入って右に三部屋、左に三部屋。

吉元はキッチンで紅茶を入れている。コップのぶつかり合う音が聞こえてくる。入り口を入ってすぐの右の部屋、1号室に「P」と書き、その向かいの2号室にははてなマークを書き入れる。3号室には「小松」、その向かいの4号室には「石渡」。一番奥の5号室が「蓼科」で、向かいの6号室には「四十女」と書く。湯の沸騰を告げるやかんの笛が、女の金切り声に似ていて思わず顔を上げる。吉元はうつむいたまましばらくやかんを叫ばせておき、数分してようやくガスをとめる。

吉元の部屋からは葉の黄色くかわった大木が見える。数センチ開いた窓の隙間《すきま》から、昼休み終了を告げるチャイムが聞こえ、続けてやかましく鳴きわめく犬の声が入りこむ。

吉元のアパートの数メートル先には小学校があり、チャイムはもちろん、朝礼の校長の挨拶《あいさつ》、生徒たちの合唱、昼休みの喧噪《けんそう》、ときどきへたくそなブラスバンドの演奏なんかが遠慮なく響き渡る。アパートの向かいの家で飼っている、ナッツという名の雑種犬はそうした種類の大音量がわきあがるたび、それに必死で答えるように、あるいは喧嘩《けんか》を売るように吠《ほ》えまくり、昼間の吉元家に完璧《かんぺき》な静寂が訪れることはめったにない。

菊葉荘に住む数人の名前を知り、できるかぎり顔と名前を一致させるのに二週間かかった。その二週間、わたしはほとんど毎日蓼科の部屋へいき、蓼科の留守には一人で菊葉荘の廊下をうろついた。それでもまだ全員の顔を見たわけではない。

「まずね、蓼科の部屋の向かい、6号室のこの女、四十くらいだと思うんだけど、OLだね。すごいの、朝出ていく時間と、帰ってくる時間が正確に同じ。部屋からは物音ひとつしない。夕飯どきにはいいにおいが漂ってくるから、料理は得意だと見たね。それが、へんな服着てんの、レースのブラウスとか、フレアスカートとか、超少女趣味の」

長時間かけていれた紅茶を運んできた吉元に、画用紙の部屋割りを指し示しながらわたしは一気にしゃべった。

「あとここ、蓼科の隣、3号室ね、小松っていうおっさんなんだけど、一週間に二、三度、ほぼ泥酔状態で帰ってくる。そんでなんかしゃべってんの、念仏唱えるみたいに。でもまあ、長くて三十分だね。だけどあそこ、おっさんの独り言とかいびきとか聞こえてくるくらいだから、かなり壁薄いよ、いいの？」

わたしの前に正座した吉元はそれには答えず、

「で、どうなったの、ヤス子と原芳春は」

画用紙をのぞきこんでそんなことを訊《き》いた。

「ああ、ヤス子は原芳春を背負って自分の家に帰ろうとしたらしいんだけど、途中で芳春が目を覚まして、彼は自転車盗んで家まで帰って、ヤス子は一人でおとなしく家まで帰ったって」

それは蓼科からではなくヤス子から聞いた。あの日以来、ヤス子はわたしの家にしょっちゅう電話をかけてくるようになった。

蓼科の部屋から自分の部屋に戻り、点滅している留守番電話のボタンを押すとかならずヤス子の声が流れてくる。また電話します、だったり、学校きてないけどどうしたの？だったりし、無視していたのだが、ある日、どんなに遅くてもいいから電話をくださいと、追いつめられたような声が流れてきたので一時過ぎにヤス子の電話番号を押した。寝起きの声でヤス子は、来週ドイツ語のテストがあると告げ、それからあのコンパの顛末《てんまつ》をくどくどと話して聞かせてくれたのだった。

「ヤス子はどういう感じで原芳春を好きなんだろう」

紅茶を一口すって吉元がつぶやく。

「どういう感じも何も普通に好きなんでしょ、ごく普通に」

「原芳春とヤス子がうまくいく可能性はあるんだろうか」

「さあねえ。それでこの、4号室の石渡、わたしは見たことないんだけど、蓼科の話によると学生ではないらしい。会社員じゃないかって言ってたけど。それからさ、あのアパートの大家は鎌倉に住んでるんだって、それであの物件はタカラ不動産が一手に引き受けてるらしいんだよ。大家の名前も電話番号も教えてもらったけど、どこか部屋が空かないかぎりはなんともねえ」

「原芳春と蓼科くんは仲がいいわけ?」

吉元は真正面からわたしを見据えてそんなことを訊く。

「知らないよ、そんなこと。でもさ、下の大家、何も言ってこないの? 引っ越すように言ってきたのってずいぶん前なんじゃない? ぼけて忘れてるのかもしれないよ。このままここに住み続けてても平気かもよ」

「おれは引っ越すよ。あのアパートに引っ越す」

吉元は声に力をこめて言う。

「だったらさあ、そんなふうにヤス子のこととか原芳春のことばっかり言ってないで、ちゃんと作戦を考えようよ、ほらこれちゃんと見てよ」

わたしは吉元の顔に画用紙を押しつける。吉元はそれを受け取ってしばらく無言のまま眺めていた。

「Pって何」

「さあ、わたしも見なかったし蓼科も見たことないって。でもねポストのところに、小さい汚い紙が貼《は》りつけてあって、Pって薄く書いてあるんだよ、外人かもね」

窓の隙間からチャイムが流れこみ、数分後、子供たちが校庭に走り出てくる歓声が聞こえる。向かいの犬はスイッチを入れられたように吠え続ける。

「小松さんにでていってもらおう」

突然吉元は言った。わたしはため息をつき、彼を見つめる。

「じゃあああんたは小松係ね、なんとかしてでていってもらったら」

「どんなことすればいいかなあ」

「さあね、なんとかするって自分で言ったんだから、なんとかしてでていってもらえば」

吉元は立ち上がりわたしを見下ろして、

「作戦たてようってあんたが言ったんじゃん」

声を荒げる。

「だったらさあ、小松さんに出ていってもらおうとか、そういう短絡的なこと言わないでくれる？　小松さんがそんなふうに簡単に部屋をでていってくれるのならべつにこうして話し合うこともないし、わたしが蓼科の部屋に通う必要もないんだから」

わたしもつられて声をはりあげながら、わたしは今、何について彼と話し合っているのかと疑問に思った。来年の今日の天気を、晴れだ、晴れじゃないと言い争っている気がした。

「まあいいよ、わたしはせっかく蓼科と仲良くなったんだから、もう少しあそこへ通って偵察を続けるよ。そのかわり、あんたも協力しなさいよ、自分の問題なんだからね」

来年の天気を言い争うようなことがいやで、建設的なことを言ってみたつもりだったのだが、あまり実のあることを口にしている気分ではなかった。チャイムが鳴り、ひとしきり犬が吠え続けたのち、おもては静まりかえる。

「協力する、する」

吉元はまじめくさった顔で幾度もうなずいて見せた。

夕方近く、帰るというと吉元は玄関先まで送ってくれた。今度、酒おごる、と小さな声で言った。アパートのドアを閉めるとそれを合図のようにして、下校時間のテーマ音楽が響き渡り、横たわっていた犬が飛び起きて鳴きはじめる。いったい何にどう答えているつもりなのか、お座りをして背中をぴんと伸ばし、暮れはじめた空に向けて鳴いている。瞬《まばた》きもせず空のかなたを見つめて。

そんなに休んでばかりじゃやばい、一緒に大学へいこうという蓼科の執拗《しつよう》な誘いをかたくなに断り、彼を一人で大学にいかせたあと、蓼科の部屋を無遠慮に見まわした。洗濯物をたたむのがよっぽどいやなのだろう、とりこんだTシャツや下着類が段ボールの上に重ねられている。鼻を近づけるとほのかに甘い香りがする。

近くにあった段ボールのふたが少し開いているのでのぞきこむと、乾麺《かんめん》や干し椎茸《しいたけ》が詰まっており、開いたままの雑誌を持ち上げてみると、その下には黴《かび》の生えたコンビニの蕎《そ》麦《ば》の空き箱があり、教科書とおぼしき本が数冊あり、わきに三本ラインの入ったジャージが丸められ、いったいなんのためにあるのか不可解だったが袋入りの培養土があった。その下には情報誌と区役所の名が入った小冊子があって、ようやくその下に畳が見えた。畳はまだ青く、新築の家のにおいがした。

蓼科の部屋全体は、敷きっぱなしのふとんの長方形をのぞきすべてそのような状態で少しずつ浮き上がっていて、畳があらわれるまでほじくりかえしていると退屈しないが、何もしないで座っているとひどく落ち着かない気分になる。積み上げられたすべてのものが、黴つきの蕎麦の空箱《からばこ》までが、それぞれ、魂をいまだ持ち続けている屍骸《しがい》に思えてくるのだ。折り重ねられ積み上げられた屍骸が、何か訴えるふうなまなざしでじっとこちらを凝視している。そんな気分になる。

もう一度洗濯物に鼻を近づけて甘いにおいを思いきり吸いこみ、蓼科の部屋を出た。ひとけのない暗い廊下を歩き、ひっそりと並ぶドアのひとつひとつに耳を近づけてみた。1号室のPの部屋をのぞいて、ドアの向こうはすべて無音だった。Pの部屋からは、かすかに物音が聞こえてくるのだが、それがいったいなんの音であるのかあまりにも小さすぎてわからなかった。低音を強調したテープを小さく流しているようでもあり、堅いものを箸《はし》で定期的に打っているようでもあった。その音も、ドアから一歩下がればまったく聞こえなくなる。

廊下からおもてに出る。外は明るく、暗闇《くらやみ》でうろうろしていたせいで一瞬白くのっぺりと見えた。光の反射からにじみでるように、車の幾台か通り過ぎる音がし、自転車が鈴《ベル》を鳴らすのが聞こえた。垣根で囲われた敷地のなかをぶらぶらと歩いた。正面には二十坪ほどの庭がある。隅に水の枯れた井戸がある。垣根の下にプランターが並んでいるが干乾《ひから》びた土しか入っていない。金魚鉢や空の植木鉢が、転がって放置されている。建物のわきをのぞきこむ。人が通れるほどの隙間《すきま》があり、雑草が生い茂り貧弱な花がちらちらと咲いている。一番奥の部屋の窓べに洗濯物が干してあった。そこは四十女の部屋だ。わたしは肩をすぼめて狭い隙間に入りこんだ。

四十女の部屋にたどり着くまでに通りすぎる、二つの部屋の窓をのぞいてみたが、磨《す》りガラスの向こうにはどちらともぴったりとざされたカーテンがあるだけだった。

6号室の四十女の部屋もカーテンがしめられている。磨りガラスに明るい色の花柄の生地が淡く映っている。女の部屋の洗濯ハンガーには、中身を隠すようにタオルで覆いがしてあった。そっとタオルをめくってみた。下着やタオルやハンカチや、枕《まくら》カバーや靴下なんかが干してあった。わたしは片手でタオルを持ち上げたまま、女の使用品であるそれらをしばらく眺めた。

何もかも花柄だった。どれも長年使っているらしく色あせていたが、パンツのレースは崩れておらず、ブラジャーのワイヤーも曲がっておらず、ハンカチもタオルも変形していなくて、なんとなく、模範的な洗濯物を見た気分だった。

思わず女の人柄を想像してしまうような、控えめでおとなしい花柄のなか、ひときわ目を引いたのは、紐《ひも》パンツとよべるほど小さな、黒地の、股間《こかん》に一輪、ひまわりが咲いているパンツで、わたしはなぜか、自分でも何がしたいのかよくわからないままその一枚に手を伸ばしていた。洗濯挟みからそれを外すとき、自分が変質的な趣味を持って日々こうしている錯覚《さっかく》を抱いてしまうほど、高揚感を味わっていた。黒地にひまわりの小さなパンツをジーンズのポケットに突っ込んで、また肩をすぼめて隙間から庭へ這《は》い出た。

五時半をまわったのを見計らって蓼科の部屋から吉元に電話をかけた。受話器から沈んだ吉元の声が聞こえる。吉元はCD屋でアルバイトをしていて、バイトから帰ったばかりのときはいつも沈んだ声を出す。

「あのねえ、向かいの部屋の四十女の、下着をとったよ」

わたしは早口で言った。え?　と吉元は聞き返す。今菊葉荘にいるのだと説明してから、もう一度、下着を盗んだのだとくりかえした。

「そんなもの、おれ、いらないよ」

吉元は明らかに迷惑そうな声を出した。急に恥ずかしくなって、わたしは声を荒げる。

「わたしだっていらないよ、欲しくて盗んだんじゃないよ、いやがらせしようって言ったのはあんたでしょうが」

「でも、それって、犯罪じゃん」

「そういうのってあんたずるくない？　犯罪だよ、明らかに犯罪でしょ、犯罪に手を染めてまで協力してるんでしょう」

たたみかけるように言うと吉元はしばらく黙ったのち、

「ごめん」

小さくつぶやいた。

「次はあんたが何かしなさいよ。四十女でもいいし、ほかの人でもいいし、とにかく自分のことなんだから、あんたがもっと何か考えてやるべきでしょう」

吉元はふたたび黙りこみ、受話器の向こうから遠く椰子《やし》の実の曲が流れてくるのが聞こえた。近所の小学校の、下校を告げるテーマソングである。ただでさえ悲し気なメロディーを、いやにゆっくりと、哀調たっぷりに流すのだ。まるで子供たち全員に、明日から続く日々にいっさいの希望はないのだと言い放つように。犬までが悲し気に遠吠《とおぼ》えをはじめる。

「蓼科くんは出ていってはくれないのかな」

犬の遠吠えの合間をぬって、吉元が言った。

「蓼科が出ていくのならわたしはこんなことはしてないよ。あんた安易に考えすぎ。蓼科に頼んでみたけど彼が引っ越す気配はないからこうしてここに通って、ほかの人の動向をさぐってるんじゃない。さわりたくもない年増《としま》のパンツ盗んでるんじゃない」

「わかったわかった、悪かった」

吉元は声を高くしてわたしを遮《さえぎ》り、

「パンツ盗ませてごめん。おれもちゃんとする。ちゃんと考えるよ」

そう言った。

電話を切ってから、蓼科のふとんに放《ほう》り出したひまわりの下着を見つめ、持ち帰るのもいやだし、どうしたものかと思い悩んだが結局、蓼科の小さな台所の、作りつけの棚に突っ込んでおいた。もしあの女が下着がなくなったと騒ぎだして、警察がこのアパートの住人を調べてまわりはじめたら、間違いなく彼は疑われるだろう、そうしたら運よく彼が引っ越すはめになるかもしれない、とそこまで考えて、それもずいぶん子供っぽい話だと思った。

　七時近くに蓼科は帰ってきた。寿司《すし》折りとビールを持っている。パールセンターに新しく廻転《かいてん》寿司屋がオープンしたのだと説明し、ふとんの上に寿司折りを並べる。

「秀吉と、信長と、家康っていうセットがあってさ、とりあえず秀吉っての買ったよ、これが一番いろいろ入ってて安かったから、いいよね、秀吉で」

　蓼科はそう言いながら湯飲み茶碗《ぢゃわん》にビールをついだ。

　ふとんに向き合って座り、まぐろ、いか、はまち、青柳《あおやぎ》、卵、とつぶやきながら蓼科が箸《はし》で寿司を指していくのを眺めた。すべての名前を言い終えてから、蓼科はまぐろを箸でつかむ。わたしはいかを食べた。すしめしがほんのりとあたたかかった。

「そういえば今日さー、ヤス子が、典子さんはぜんぜん学校にこないけど大丈夫かって訊《き》いてた。あいつってけっこう不気味系。おれ芳春とめし食ってたんだけど、向かいに座ってそれだけ言って、あとじっと見てんの、おれたちがカレーとか豚カツ食ってるのを、ただ見てるんだよなあ」

蓼科は寿司をかみながらそう言って、上半身を伸ばしてTVのスイッチをつける。ニュースが流れていた。

突然、この狭苦しいふとんの上で食事をしていることに嫌気《いやけ》がさす。だいたい蓼科には、外食するという発想がないらしく、このぺちゃんこのふとんの上が世界で唯一の食卓であるかのように、かならず食事をここでとる。だれかがこのアパートを出ていくまで、あと何度、こうして彼と向き合って、ふとんの上でものを食べなければならないのか。

湯飲みのビールを飲み干してから、わたしは言った。

「わたしねえ、このアパートに部屋を借りたいんだよ。蓼科くんが引っ越さないのなら、だれかほかの人に引っ越してもらいたいんだけど、だれが一番早く出ていってくれそうだと思う?」

蓼科は画面からわたしへと視線を移し、ぽかんと数センチ口を開いて何も言わなかったが、ふいに、

「ここに住んでもいいんだよ」

それがすばらしいアイディアであるかのようにそう言った。

「そうだよ、いていいよ、荷物多いほう？　見てのとおり、あんまりものは入らないからさ、鏡台とか、食器洗い器なんか持ってこられたら困るけど、荷物少ないんだったら、ここにいてくれてぜんぜんかまわないよ。あっ、合《あ》い鍵《かぎ》つくろうぜ。駅前にあるじゃん、ミスターなんとか。寿司食ったらいく？　ミスターなんとか」

わたしは箸ではまちをつかんだまま蓼科を見た。彼が何を言っているのか、何を意図してそんなことを言っているのかまるで理解できなかった。

「あっ、ミスター・ミニッツだ。そうそう、ミニッツでした」

「そうじゃないよ、ここじゃなくて、もう一部屋借りたいんだよ」

あわててわたしは言った。

「ここじゃ狭いもんなあ。もう一人の荷物はけっこうきついかなあ。いい案かもしれないな、隣の部屋に住むっていうのも」

蓼科はそれだけ言って、青柳を口にいれてTVに顔を向け、黙りこんだ。

大きく勘違いしているらしい蓼科に、本当のことを言ってもよかったのだ。わたしはあの大学の学生ではないどころか、あなたがたより五つも六つも年上で、失業手当を頼りに生きている、何もしていない女で、何かしているというならば友達のためにこのアパートの一室を空けてあげようと苦心しているだけの、そのために四十女の下着を盗んだりしているだけの女なのだと、TV画面の前に顔を突き出して説明してもよかった。けれどわたしはそうしなかった。ひょっとしたら、わたしはどこかで、あの大学の一員なのだと彼に思っていてほしいのかもしれなかった。

風呂《ふろ》にいこうと誘われたがわたしは断わり、蓼科一人が出ていってから、TVを消して耳をすませた。車のクラクションが聞こえ、遠く電車が走る音が聞こえ、やがて廊下を足早に歩く靴音が聞こえる。時計を見ると八時五分前、向かいの女が帰ってきたのだ。

女は廊下の真ん中あたりで鍵を取り出し、ドアの前に数秒立ち止まってから鍵を開け、するりと中に入る。息を殺していると鍵をかける音まで聞こえてくる。

わたしは靴をはかずに部屋を出て、向かいの部屋のドアの前までいき、聞き耳をたてて中のようすをうかがった。股間にひまわりの下着がなくなったと知った女の反応が知りたかった。女が窓を開け、洗濯物をとりこんでいるらしい物音が聞こえてきて、わたしは息を止めて全神経を扉の向こうに集中したのだが、聞こえてきたのは入り口の郵便ポストを開け、何かを取り出してこちらに向かって歩いてくる硬い靴音で、あわててドアの前から離れた。

廊下を入ってきたのはこざっぱりしたスーツ姿の男だった。背が高く、銀縁《ぎんぶち》の眼鏡《めがね》をかけ、四十歳前後に見えた。片手にブリーフケースをもち、廊下に裸足《はだし》で立っているわたしをいぶかしむようすもなく、こんばんは、と低くやわらかい声を出した。こんばんはとわたしも口にした。男は四十女の隣の、4号室に入っていった。

スーツ男が扉を閉めてから、もう一度おそるおそる女の部屋の前まで戻ったが、物音は何も聞こえてこなかった。ただ煮物のやわらかいにおいがかすかに漂っているだけだった。

顔をほんのりと赤く上気させて風呂から戻ってきた蓼科に、わたしは夢中でしゃべった。

「4号室の、向こう側の真ん中の部屋の人、石渡、さっき見ちゃった。見たことある？　へんなんだよ、ちゃんとした人なの、ぴしっとスーツ着ちゃって、普通の会社の、役付って感じだったなあ。恰幅《かっぷく》よくて、おなかなんか出ちゃってるんだけど、だらしなく出てるって感じじゃなくてさ、なんて言うか、きちんと出てるの。へんじゃない？　風呂なしの、ボロアパートに住んでるなんて」

蓼科はあまり興味なさげにふんふんと聞き、冷蔵庫からビールを取り出して口をつけ、

「だらしなく出てるんじゃなくてきちんと腹が出てるってどういうこと?」

と、どうでもいい質問をしてわたしをいらだたせる。

「立派な体つきってことだよ、年相応の」

「そうだっけ。おれそんなちゃんと見たことないしなあ」

蓼科はふとんにうつぶせに寝そべって、正座して座っているわたしの腿《もも》のあたりに触れながら言った。

「わたしが思うには、大学でラグビーとかやっててさ、そのときのマネージャーだった女と結婚してさ、小学生の子供が二人くらいいて、郊外に一戸建て買ってローン払ってるような人だよ、おかしいよ、絶対。あやしいと言ってもいい」

蓼科は首を持ち上げてわたしを見た。おかしなことを言っただろうかと不安になるくらい、ずいぶん長いこと見ていたあとで、腿に置いた手を腹のあたりまで移動させて、言った。

「きっとあれだな、隣の、四十女と関係あるな。二人はできてるんじゃないか? それで

このアパートを密会の場としてさあ」

「それはありえるかもしれない！」

わたしは膝《ひざ》をたたいて叫んだ。

「でもちょっと待ってよ、そしたら、今ごろどっちかがどっちかの部屋を訪ねてでもおかしくないいんじゃない？　冷めないスープをもってさ」

「それよりさあ、今日は泊まっていけるんだろ？」

蓼科はわたしの話を遮《さえぎ》って訊いた。

蓼科の、落ち着きのない、どちらかと言えば自己中心的な性交のあいだじゅう、6号室と4号室の謎《なぞ》について考えていた。股間にひまわりの下着と男の革靴、フリルまみれの洋服と銀縁の眼鏡、そんなものが脈絡《みゃくらく》なく頭に思い浮かんでは組み合わさり、ほどけていった。

道に迷った幼児のような声をあげて蓼科が果て、体を離したとき、隣の部屋の鍵がまわる音が聞こえた。続いて何かうめくような低い声。今日は小松の飲酒日らしい。

暗闇のなか顔を近づけ、よかった？　と蓼科が訊き、わたしは静かにと仕種《しぐさ》で示した。

ふじこちゃん。低く、しわがれた声が聞こえてくる。ふじこちゃあん。いつもよりいくらか大きい小松の声は確かにそう言っていた。わたしと蓼科は顔をあわせた。

ふじこちゃああん。茹《ゆ》で上がった大豆を、へらでゆっくりと伸ばすような声が、隣との境になっている押し入れの奥からしみだしてくる。わたしは上半身を伸ばして押し入れをそっと開けた。何かが音もなく舞い落ちてきて、わたしの頭をすっぽりと覆う。見上げると蓼科の押し入れは衣類であふれかえっていた。だめだなあ、ふじこちゃんよう。押し入れの奥の暗闇自体がうめいているように、その悲し気な声は聞こえた。

酔って帰ってきた小松が念仏のようにうめいているのは幾度か耳にしたが、こんなにくっきりと聞こえてくるのははじめてだった。

「女がきてるのかな」

押し入れに顔を向けた四つん這《ば》いの姿勢のまま、ふりかえってささやいた。素っ裸でたばこに火をつけ、

「でも女の声は聞こえない」

蓼科は言った。

おれよう、どうしたらいいんだよう、なあふじこちゃんよう。

「ひとりごとかな」

ふじこちゃあん。

声はいっそう高まる。蓼科は吹き出し、

「ルパンの真似《まね》じゃねえ」

そう言って笑いをこらえている。

だっめだなあ、わかんねえもんなあ。声の合間に、ガラスのぶつかりあう音が聞こえ、ものが倒れるような鈍い音が聞こえ、小松が泥酔《でいすい》しているらしいのがわかった。

「寝ようぜ」

蓼科に足首をひっぱられ、わたしはようやく押し入れの前から離れてふとんに横たわった。蓼科はわたしの頭の下に腕をこじいれるようにして腕枕をし、そうされながら、わたしは首を傾けて声のするほうを眺めた。戸の開いた押し入れから、白っぽいシャツがだらしなく垂れ下がり、その奥の闇から、声は強弱をつけて、わたしの寝そべる、もので満たされた小さな暗闇に広がった。

なあふじこちゃんよう、どうするかなあ、おれわかんねえよう、なあんていうのかなあ、なあんていうのかなあああ。あああ。次第に意味をなさない、段ボールに入れられ川に流される子猫が鳴くような、哀れな音色《ねいろ》になり、思いついたように蓼科がいびきをかきはじめた。

早朝、コンビニエンス・ストアでパンと飲み物を買って戻ってくるとちゅう、蓼科の部屋の向かいの四十女を見た。襟元《えりもと》にレースのついたブラウスにピンクのカーディガン、赤と白のギンガムチェックのフレアスカートという出《い》で立《た》ちの彼女は、駅へ向かうそのほかの大勢とともに、足早に歩いていく。八時二十七分。今日も女は八時二十五分きっかりにアパートを出てきたのだろう。コンビニの袋を下げたまま、アパートへは戻らず女のあとを歩いた。わたしの少し先を、女は速度をゆるめず歩いていく。

切符を買っているあいだ、改札に飲みこまれる人々の合間に女の姿を見失ったが、ホームでようやくその姿を見つけることができた。新聞を広げたり友達としゃべっている男や女たちのなかで、四十女はマネキン人形のように微動だにせず突っ立っていた。

電車がすべりこんできて、混《こ》んだ車内に押しこまれ、同じドアから乗りこんだわたしと四十女はぴったりと密着したまま、奥へ奥へと詰めこまれた。女は小さい白い花のにおいがした。

すぐとなりではおやじが狭い空間で器用に新聞を読んでいて、背後の二人連れの若い男の会話が筒抜けに聞こえてきた。人の頭の向こうで、ほんの少しの灰色の空が流れていく。わたしに左半身を密着させている四十女を遠慮がちに眺めた。彼女から、おそらく買うときによほどの勇気がいったに違いない、黒地にひまわりの下着がなくなった動揺を少しでも感じとろうとしたのだが、間近で見る女は、そんなことがどうでもよくなるくらい異様な雰囲気を発散させていた。

肩のあたりまで伸ばした黒髪は毛先が強くカールしていて、自分でカーラーを巻いたのだろうが毛先は跳《は》ねかえりすぎたり絡まったりして、醜かった。それが異様なのではない、顔に塗りたくったファンデーションはやけに白く、皺《しわ》やほくろをすべて塗りこめてしまうほど濃く、しかも女は作り物のようなピンク色で唇《くちびる》を塗っており、よほど不器用なのか描いた眉《まゆ》は右と左とでデッサンが違い、それらすべてが入り混じってなんとも不気味な空気を振りまいているのだった。

最初は遠慮がちに視線を送っていたが、女は首を傾けて一心に何かを凝視していてわたしに気づくようすもないので、そのうち無遠慮に眺めまわした。どう見ても不気味な出で立ちの四十女に、そうして注意を払っているのはしかしわたししかいなかった。

女の視線をたどって上を見上げると、女性週刊誌の広告が二枚並んで吊《つる》されていた。若い女向けの雑誌の吊り広告には、セックス特集の文字がおどり、その隣のインテリア雑誌には、知的な女たちの生活空間、と大きな文字で書かれていた。どちらを読んでいるのか、女はじっとその一点を見つめたまま、電車の動きに忠実に揺れたり押されたりしていた。

新宿駅に着くと車内のほとんどの人間が競ってドアに向かう。女もその一人だった。女の姿を見失わないようわたしもおりようとしてドアへなだれでる人の波に加わった。

数メートル先に見え隠れする女の、ピンク色のカーディガンを追いながら、次第に自分が、どこのだれを追いかけているのかわからなくなってきて戸惑った。もちろん、奇怪な出で立ちの女が蓼科の部屋の向かいに住んでいて、わたしは彼女のことをもっと知りたいからこうしてここまできたことは自分でも充分承知しているのだが、仕事場か学校か、どこかへ向かう人々でごったがえす駅のホームで、あのアパートと女を結ぶ線がふいにとぎれてしまったように感じた。そうするとその場にいる、顔も洗わず髪もとかしていない、コンビニのビニール袋をぶら下げた、蓼科に借りた寝巻きがわりのトレーナー姿の自分が、四十女よりも異様で不気味な存在に思えた。

わたしはその場に突っ立って、人の合間で見え隠れしつつ遠ざかるピンクのカーディガンを目で追っていた。女はごく普通の、おかしな格好をした中年女として、人の波にまぎれていった。幾人かが寝起きのままの格好のわたしをふりかえって足早に通りすぎた。

五番線に電車がまいります、白線の内側までお下がりください、雑音まじりのアナウンスが聞こえてきて、ふと、本田典子さん、だれだれさんがお待ちです、至急どこそこへお向かいください、そんなふうに、自分の名前がアナウンスされないかなあなどと、ぼんやりと考えていた。

菊葉荘に戻ると蓼科はいなかった。ミスター・ミニッツで作った合《あ》い鍵《かぎ》で部屋に入り、コンビニで買ったパンをもそもそと食べた。窓ガラスいっぱいに陽《ひ》がさしこみ、部屋のなかは明るく、静かだった。微生物みたいな埃《ほこり》がゆっくりと部屋のなかを巡回しているのをしばらく眺めていたが、顔を洗い歯を磨き、とりこんだまま放置されている蓼科の洗濯物のなかからトレーナーをひっぱりだして着替え、大学へ向かった。

蓼科も、ヤス子も、原芳春も、なかなか見つからなかった。どこかからどこかへ移動する学生たちの群れにまじって、大教室やその他の教室、学食や、大勢の学生たちがたむろしている場所をのぞいて歩いた。甲高《かんだか》い声をはりあげながらわたしのわきを通り過ぎる女の子たちや、紙コップのコーヒーをすすりながら話している男の子たちとよく似た、どこか浮かれて、傲慢《ごうまん》な、安心しきっているような表情を、わたしもいつのまにか自分の顔にはりつけているふうに感じられた。そうしているとさっき、向かいの部屋の四十女を追って新宿までいったことや、寝起きのままの姿で遠ざかる彼女の背中を見送っていたことが、ゆうべ見たくだらないバラエティ番組のひとこまみたいに思えた。

見当をつけて捜した場所のどこにも見知った姿を見つけられず、広大な大学内すべてを歩くことはあきらめて、わたしも紙コップのコーヒーを買い、ベンチに腰かけてたばこを吸った。石畳の歩道にそって植えられた銀杏《いちょう》の黄色い葉が、思い出したように舞い落ちてちらちらと光を放った。

のりちゃん、という声が耳に入ったが、まさかそれが自分を呼んでいるとは思わず、自分の吐き出した煙が、すこんと高い空に向けて淡くなっていくのを眺めていた。

「のりちゃん」

声はふたたびすぐ近くで聞こえた。

「のりちゃんたらいつ電話してもいないんだから。不良ね」

そう言いながら隣に座る女を見ると、ヤス子だった。ノートや教科書を腕に抱え、上目《うわめ》遣《づか》いでわたしを見て笑う。わたしはこの、首をぐっと引いて上目遣いをする、ヤス子の表情があんまり好きではなかったが、それでも知り合いに声をかけられてうれしかった。自分がだれなのか忘れ、ひさしぶりいーっと叫んで彼女を抱きしめたいくらいだった。

「いつもどこにいるの？　あんなに家を空けてたんじゃあ、おかあさまが心配なさるんじゃない」

おかあさまという言葉があまりにも自分にもヤス子にも不《ふ》釣合《つりあい》なので急に鼻白《はなじろ》み、自分がここに、学生のふりを装って、表情まで作って座っていることを指摘された気分になり、はははは、とわたしは笑った。

「次は英語よ。早くいきましょう」

ヤス子に腕をとられて立ち上がる。そのままひきずられるようにして、古びた校舎の二階の教室までいった。そこは驚くほど狭かった。高校のときの教室の、三分の一くらいだった。席はちらほらと埋まっていて、真ん中あたりに蓼科の顔があった。彼は驚いた表情でわたしを見、笑いかけたわたしを無視してふいと顔をそらし、隣にいる原芳春と何か話しはじめる。

もぐりこんだ飲み会で見た顔がいくつかあった。わたしに小さく手をふる人もいた。ヤス子に押されるようにして、わたしたちは一番うしろの席についた。教室は何か甘い菓子のようなにおいが充満していた。

チャイムが響き、教師が入ってきたとき、ようやくわたしは事態がやばいことに気づいた。自分はこの学校の生徒ではないのであって、こんなせまい教室でそれはばれるに決まっている、蓼科やヤス子の前で、そしてわたしをクラスメイトと信じている数人の前で、この場を追い出されるかもしれない。わたしはうつむき、ちらちらと教師を盗み見た。

教壇に立った男は貧相な顔立ちの、小さな男だった。小男は教壇の隅に隠れるようにして、何かを読み上げはじめる。どうやら授業がはじまったようだった。しかし前の席で固まって座った女たちは小声で話を続け、前後に並んだ男たちは何ごとかでもめ、わたしのすぐ前に座ったにきび面の男は隠そうともせず菓子パンをむさぼり食っていた。小男は体に見合った細い声で教科書を読みあげ続ける。

うつむいた小男のつむじにぼんやりと焦点を合わせて、勝手に耳に飛びこんでくる様々なトーンの音声に耳をすませているうち、自分が本当にどこかに属する学生であるような気分になる。今まで自分がそこで時間をやりすごしてきた、様々な教室が頭をよぎる。壁一面に習字の文字がはられた小さな教室。グラウンドが見下ろせたピアノのある教室。床にいつも抜け毛や紙屑《かみくず》が散乱していた教室。消毒液のにおいが薄く漂う無機質な教室。

考えてみればわたしは数えきれないほどの教室で、数えきれないほどの時間を過ごしてきた。教室のなかにいるかぎりわたしは出席番号と名前を持つ確固たるだれかだった。同じように吉元も、出席番号四十一番の、おとなしいけれど何を考えているのかよくわからないヨシモトくんとして、ともに教室にいた。

黒板に飛び散った文字を眺め、足元の抜け毛を見下ろし、大きく開いた窓の向こう、薄い青空に目をやり、ときおりわたしと吉元は目を合わせた。目配《めくば》せをするでもなく笑い合うでもなく、そこにいる、確固たるだれかである自分を抜け出してしまったような目でおたがいを見ては目線をそらした。吉元の頭の向こうには色の褪《あ》せた空があり、わたしの足元には絡まり合った髪の毛と埃《ほこり》が渦を巻いていた。

チャイムが鳴り響くまえに授業は終わった。教師が教室の扉を閉めたのを合図のようにしてチャイムが鳴った。途端に教室内はざわめき声であふれかえり、さっき出ていった教師が教科書から一度も顔をあげなかったことに気づいた。九十分のあいだ、一度も、だ。

隣に座っていたヤス子はわたしの腕を強くつかみ、買い物につきあってくれと言った。

「夕食の買い物?」

訊《き》くとヤス子はわたしの肩を思いきりたたいて笑う。

「やあね、お夕食の材料なら一人で買えるわ、洋服を買いたいの」

それを聞いて急に落ち着かない気分になったわたしはふりむいて、蓼科の姿を捜した。目が合うと蓼科はあごをしゃくって、廊下に出るように目で言った。

彼を追うように廊下にでたのに、蓼科はそっぽを向いて、何も話そうとしない。

「あのさあ、ヤス子さんが洋服一緒に買いにいってほしいって言うんだけど、一緒にいかない？」

「冗談じゃねえよ」

蓼科はわたしを見ないままはき捨てるように言って、しばらく舌を鳴らしていたが、女はよう、とつぶやくように言う。

「えっ？」

わたしは彼の口元に耳を近づける。

「パン買うって出ていっていつまで待ってもこないから、もうきっとこないんじゃないかっておれまじで思ってたんだぜ。女ってよう、そういうことするじゃん。ああおまえもかって、そう思ったんだぜ」

児童劇団の公演で、子役が「すねる」という演技を見事にこなしているみたいに蓼科は言った。

「ああ、途中で知り合いにあっちゃってさ」

適当なことを口にする。かばんを胸に抱えたヤス子が少し離れてこちらをじっと見ている。

「ねえ、買い物、いこうよ、三人で」

「じゃあ今日はくるよな、おれ、待ってるからな」

わたしの誘いを無視してそう言い、蓼科は背を向けていってしまった。ふりむくとヤス子が開花の瞬間みたいに笑いかける。

ヤス子が買い物にいきたい町まで学校のまえからバスが出ている。わたしたちの乗ったバスは、パーティ会場へ向かう御一行様貸し切りのような雰囲気だった。細いピンヒールやフェイクファーやラメや光沢や香水や、この学校の学生らしい女たちの身につけた、あざやかな色と香りと嬌声《きょうせい》で満たされていた。二人掛けの席に座ったわたしとヤス子は、バスが揺れるたび黄色い声をあげてふざけている彼女たちに比べると、まるで通夜だった。ヤス子は毛玉だらけのモスグリーンのセーターと鼠《ねずみ》色のプリーツスカートで、わたしはと言えば蓼科の色あせた紺のトレーナーにジーンズ、わたしたちの座席だけぽっかり色が抜け落ちている。

窓際のヤス子は窓の外を眺め、ときおりわたしを上目遣《うわめづか》いにのぞきこんで意味不明のほほえみを浮かべた。ヤス子にそうして笑いかけられるたび、どうしてわたしはこの小さな女の誘いを断ることができないんだろうと、そんなことを考えた。

バスの終点は大学からほど近い繁華街で、パーティへ向かうかのような女たちがおりてから、ひっそりとわたしたちはバスをおりた。ヤス子に促《うなが》されるまま駅前のデパートに入る。一階のテナントにヤス子はすたすたと入っていった。デパートの入り口には喫煙席と、公衆電話が並んでいる。ヤス子が店に入ったのを見届けてから、喫煙席にいった。たばこに火をつけたところで、ふと思いついて公衆電話の受話器を持ち上げる。

いないだろうかと思ったが、吉元は家にいた。沈んだ声を出し、ついさっきアルバイトから帰ってきたと言う。吉元の声の背後で、奇妙な音楽がかすかに流れている。回転数を間違えたレコードみたいな音楽。

「今日わたし、蓼科の向かいの部屋の、四十女のあとをつけてみたんだよね」

「それで?」

「べつに、なんということはなかった。仕事場までついていこうと思ったんだけど、仕事場を突き止めてもなんにもならないもんね。新宿で乗り換えるのだけ見送って帰ってきた」

「ふうん」

吉元は感情のこもらない声で言って、しばらく黙った。沈黙の合間に流れる音楽に耳をすますと、それは、「犬のおまわりさん」だった。アパートのうしろにある小学校で、レコードに合わせて生徒たちが歌っているらしい。こんなによく聞こえるのだから、校庭で歌わされているんだろうか、と考えたとき、吉元が言った。

「おれ幽霊になってみようかと思うんだけど」

「は?」

「あんたもなんか考えろって言われたでしょ、それで今日考えてたんだ、ずっと。幽霊になって夜中、あのアパートのまわりを徘徊《はいかい》するの、どうかな? 白装束《しろしょうぞく》着て、ときどきそのへんのドアをノックしたりしながらさあ」

「あのさあ吉元」

「いいのいいの、あんたは何もしなくていいよ、ばあちゃんが白装束みたいの持ってたような気がするからさ、電話して、送ってもらうし、幽霊役だっておれ一人で充分だからさ」

吉元の声を聞きながら、わたしはショーウィンドウの向こうにいるヤス子を見ていた。ショーウィンドウに並んだマネキンの合間にヤス子がちらちらと見え隠れした。マネキンたちは、ウェディングケーキみたいにフリルやレースで飾られた洋服を着て、放心したような視線を宙に投げている。ヤス子はたたんで置いてあるブラウスを手にとり、眺め、もとに戻し、その隣の色違いを手にとり、眺め、もとに戻し、それを延々とくりかえしている。化粧が濃すぎて化物《ばけもの》じみた店員がぴったりとヤス子のうしろに立ち、ヤス子が衣服をもとの棚に戻すたび、すばやく手をのばしてそれらをたたみなおしている。ここから見ていると、彼女たちは何かの競技をしているように見えた。

「これ絶対いいと思うんだけどな。不気味だろ、白装束が夜中にうろついてたらさ。何人かは確実に引っ越しを考えると思うんだよな。でもこれは、おれ一人でやるから何も心配しないでいいよ」

「あのさあ」

とわたしは言いかけて言葉を捜した。それがあんまりいいアイディアだと思えない、と言いたかったが、ではパンツ泥棒《どろぼう》が効をなしたかというとそんなことはなく、言葉につまり、灰の落ちかけたたばこを足元に捨ててもみ消した。気づくと背後に憮然《ぶぜん》とした表情のヤス子が立っていて、わたしはあわてて電話を切った。ヤス子は例の上目遣いでわたしを見、途方に暮れたような、あるいはふてくされたような笑みを作って首をかしげた。額にびっしり米粒のような汗をかいていた。

「いいのなかったの?」

わたしは訊いた。

「どうして一緒に入ってきてくれなかったの」

ヤス子は唇をとがらせて言った。

「だって一緒に入っていったら選びにくいでしょ」

デパートの店内を歩き出すヤス子のうしろ姿に言う。

「わたしは買い物つきあってって言ったんだからあなたは一緒に入ってきて一緒に見てくれるものなんじゃないの」

ヤス子はスピードをゆるめず歩きながら、聞き取れないほどの早口で言った。え？　と聞き返したが無視された。どうやらヤス子は怒っているらしかった。

ものなんじゃないの、と言われても、わたしは人と買い物をしたことがない。もちろん学校帰りにともに小銭を出し合ってたこやきの一パックを買うようなことなら幾度もあるが、服にはじまって靴、かばん、帽子だのアクセサリだのその他いっさい、だれかと連れ立って買いにいったことが一度もないのだ。

デパートの奥にある店のまえでヤス子は足を止め、ちらりとわたしをふりかえって店に入っていった。ヤス子が何を怒っているのかしらないが、また、この女を怒らせてもわたしにはあまり関係がないように思えたが、だれかを怒らせるというのはあまり気分のよくないことなので、わたしはヤス子に続いておとなしく店に足を踏み入れた。くすんだトーンの色で統一された店だった。くすんだ緑、くすんだ赤、くすんだ紫、くすんだ黄色。どの服も突飛《とっぴ》なデザインで、たとえば中世のドレスみたいにごてごてしたスカートだったり、ウエスト部分にばかでかいリボンのついたワンピースだったり、どう見積もってもヤス子には不《ふ》釣合《つりあい》に思えたが、ではだれがこれらの服に釣り合うのかといったらわたしには思い浮かべることができなかった。また黙々とたたんであるものを片っ端から広げはじめるヤス子の隣で、釣り下がったスカートの値段をちらりと見、自分の目を疑った。ゴブラン織りじみたスカートは八万五千八百円だった。

ヤス子はわたしがついてきているのを確認し、セーターを自分の胸にあてて、

「どうかしら、これ」

と言って笑《え》みを作った。でれんと丈の長いセーターはヤス子の膝下《ひざした》まであり、セーターに縫いつけられたくすんだ紫の花が、ヤス子の腹の部分にあってばかでかいへそを思わせた。冗談でそうしているのだろうと思って、

「へんだよ、かなりへん」

わたしは言って笑った。ヤス子は憮然としてそれを棚に戻した。冗談ではないらしかった。ヤス子は店を飛び出、わたしはあわててあとに続く。

隣の店でヤス子が、体毛の一本一本までていねいに描かれた、写実的な一匹の虎のブラウスを手に取るのを眺めて、自分が男であるような気がしはじめる。今年知り合いのだれもいない大学に進学し、引っ込み思案で友達もできず、自分の容姿もセンスもぱっとしな

いことを重々承知しており、声をかけてきてくれた背の低い瘦《や》せぎすの女と、はじめてデートと呼べるようなことをし、びくびくしながら彼女の買い物につきあっている、ちっぽけな男子学生に思えた。多分このままいったらこの女とつきあうことになるのだろう、もっともさえないカップルとして学内をうろつき、不器用に初性交をすませ、何かを必死にまねるようにこんなデートをくりかえすのだろうと、架空の男子学生がのりうつった気分で、そんなことを虎の絵のごとくリアルに思い浮かべていた。

「虎よりは馬のほうがね」

ヤス子は言って白地にたてがみをなびかせる馬の絵柄のシャツを胸にあててわたしをふりかえり、ヤス子の目にも自分がさえない男に映って見えるのではないかと不安になった。

「似合わなくもないけどちょっとキャラクターが違うんじゃない？」

ヤス子がじっとわたしを見ているので、あわてて言い、その口調がその類《たぐい》の男になりきっていることに気づいて嫌気《いやけ》がさし、ヤス子をおいて先に店を出た。

「キャラクターって何」

目的もなく歩きはじめるわたしの背後で、きっぱりした声でヤス子が問いかける。

「キャラクターってほら、人格というか、その人の個性というか」

「そういうことじゃないの。わたしのキャラクターってなんなのってことを訊いてるの。わたしはどんなキャラクター？　あのブラウスが似合う人はどんなキャラクター？」

おどおどと上目遣いに笑いかけるいつものヤス子とは人が違ったかのように、はきはきと強い口調でヤス子は言いつのった。わたしは無視して足を速めた。ヤス子は小走りについてきてわたしのトレーナーの肘《ひじ》のあたりをきつく握りしめ、問いかけをやめない。

「わたしのキャラクターに似合う服はどんな？　もしわたしのキャラクターにぴったりのデザイン、ぴったりの色の服があったとしたら、わたしはずっとそれを着続ければいいわけ？　そうしたらわたしのキャラクターは永遠に変化しないの？　キャラクターってそういうこと？」

ヤス子はまるで新劇の女優みたいに節まわしをつけて言い続けた。駅へ続く道にはCD屋や花屋や古着屋が建ち並び、それぞれがそれぞれの趣味で大音量の音楽を放出し、道の狭さに反比例していきかう人の数は異様に多く、わたしの頭のなかではなぜか、まいごのまいごのこねこちゃん、という童謡がこわれたレコードみたいにねじれた音でくりかえされていた。

「たとえばわたしのこの服。これはわたしのキャラクターに合ってるの？　そのあなたの服。それはあなたのキャラクターにぴったりなの？　わたしたちが服を交換したらそれはキャラクターに合わないからへんだっていうことになるの？　それともそれぞれの服をかえたら」

わたしは立ち止まってふりかえり、声を荒げるヤス子を遮《さえぎ》って、言った。

「さっきの馬のブラウス、買ってきたら」

急に立ち止まったわたしにぶつかってヤス子は顔をあげ、きょとんとした表情を作った。肘をつかんでいたヤス子の手をふりきり、わたしは駅へと急ぐ。ヤス子は小走りに追いかけてきた。わたしの正面にまわりこみ、嘆願《たんがん》するように必死になってしゃべり続ける。

「そういうことじゃないの、わたしはあの服がほしいとかそんなことを言いたいんじゃないの、わたし、自分のキャラクターがどんなものかわからないの、わからなくてもにじみでるわたしっていうものがあるとするでしょ？　わたしはその、にじみでる自分というものがきっとあんまり好きになれないの、陳腐《ちんぷ》な言いかたをするならわたし自分をかえたいの、わたしのキャラクターらしきものを全部かえてしまいたいの」

急いで歩くわたしの前にヤス子は足をもつれさせながらまわりこみ、必死な形相でわたしを見上げて言葉をまき散らし続けた。わたしと向き合うようにしてうしろ歩きをするヤス子は幾度か転びかけ、歩いてくる人にぶつかり、中学生の足を踏みそうになり舌うちをされ、ときおり街灯や電柱に背中をぶつけた。ヤス子はそれらいっさいに頓着《とんちゃく》しないでわたしに話しかけた。彼女の姿はあまりにも必死で無様《ぶざま》だったが、彼女の口からほとばしるように出てくる言葉はやっぱり新劇女優のせりふみたいに聞こえた。そうしているヤス子の姿は不気味ですらあった。

ヤス子のわたしにすがりつく、その必死な形相やもつれさせた足と同様の、無様でみっともない彼女自身の言葉を一言でもいいから聞いてみたいと、わたしはそんなことを考えていた。そして突然、わたしの頭のなかでまわり続けている犬のおまわりさんの歌は、さっき吉元の電話からはみだしていた音楽だと、脈絡《みゃくらく》のないことに気づく。

あの、あの、と、頼りない声が留守番電話のテープから聞こえる。

こないだは、ごめんなさい。つきあってと言ったのはわたしなのに、お茶の一杯もごちそうできなくて……。えーと、でも、あんなふうに話せて、言いたいこと言いあえて、とてもよかったと思ってる。わたしはね、と言いかけた声をぴーっと甲高《かんだか》い音がさえぎり、続けて、十月、二十八日、午後、九時、七分です、と機械の女の声が告げる。そしてふたたび、二件目の用件が再生される。今流れていたのと同じ声が聞こえる。

切れちゃった……。えーと、あの、わたしはね、今まで、あんまりけんかとかしないっていうか、そういうの避けていたようなところがあるんだけど、このあいだ、思っていることを言えて、あなたにも言ってもらって、よかったなと思ったんです。わかりあえたっていうか……。これからも、あんなふうに、おたがいにいろいろ話せたらいいなと、ぴーっともう一度留守番電話の録音時間が切れる。十月、二十八日、午後、九時、九分です。

また切れちゃった……。短いのね、録音時間。それで、とにかく、これからも、よろしく。学校はあんまり休まないほうがいいわよ。では、おやすみなさい。十月、二十八日、午後、九時、十分です。

録音されていた用件はその三つだった。公衆電話の受話器をフックに戻し、しばらく緑色の電話を見つめていたが、たった今聞いたばかりのヤス子のメッセージを頭のなかでくりかえしていると、とたんに自分の家に帰る気が失《う》せ、駅の構内で蓼科のアパートの最寄り駅までの切符を買った。

駅前の中華料理屋でレバにら定食を食べ、本屋やコンビニエンス・ストアに寄り道しながら菊葉荘に向かい、たどり着いたのは八時すぎだった。飛び石を踏んで廊下に足を踏みいれ、廊下にぶら下がったたったひとつの裸電球が切れていることに気づいた。廊下はいつもより暗いが、何か妙な感じがするのはそのせいではない。あたりの空気が白っぽいのだ。立ち止まり、足元に目を落とし、煙だと気づく。水のなかにドライアイスを突っ込んだように、煙は足元で厚く渦巻き、上に向かうにしたがって徐々に薄まっている。大きく息を吸いこむとほんのりと線香に似たにおいがした。周囲を見まわす。火が出ている気配はないが、この煙の多さは尋常《じんじょう》ではない。蓼科の部屋へ急いだ。

蓼科はふとんの上でTVと向き合ってコンビニ弁当を食べていた。わたしを見上げ、

「あ、弁当ひとつしか買ってないけど」

のんきな声を出す。

「それどころじゃないよ。廊下すごい煙だよ、ちょっと見てみなよ」

蓼科はのろのろと腰をあげ、散らかったもののよけられた細い通路を通り、玄関の外まで出てきた。足元を見、暗い廊下に目を凝らし、

「本当だ」

低く言って鼻を鳴らした。

「どこの部屋だろう、これはちょっとやばいんじゃないかな、火事かもしれないよ」

「火事？　でもきな臭くないよ」

そう言って部屋へ戻っていく。

「きな臭くなくてもこんなに煙が出てるんだからやばいでしょ、どうする」

玄関先でわたしはどなった。

「平気だよ、だれかが秋刀魚《さんま》でも焼いてるんだよ、秋だしね」

蓼科はふとんの上のもとの場所でふたたび弁当を食べはじめる。

「なんであんたはそんなにのんきなの？　ここが火事になったらどうするの」

言ってからはっとした。もしここが火事になったら、すべて燃えてしまったら、吉元は

いったいどこに住むのだ。火事にするわけにはいかない。蓼科の部屋の戸を思いきり閉め、小松の部屋をノックする。小松はいつでも深夜近くに帰ってくるのだから返答があるはずはない。冷凍されたバナナみたいにドアはひんやりと音もなく閉ざされている。四十女の部屋のドアをたたく。だれもでない。その隣の、石渡の部屋も同様である。焦ったわたしはドアノブを力まかせにまわしてみたが、がちゃがちゃと大袈裟《おおげさ》な音がするだけでドアは動かない。2号室の前に移動して同じようにドアをたたきドアノブをまわす。2号室のドアに鍵《かぎ》はかけられていなかった。冗談みたいにドアは開いた。

暗闇に畳が浮かび上がる。カーテンはぴったりと閉ざされ、奥の壁に沿って、様々なサイズのTVが積み上げられ、ビデオデッキも数台積み重ねられ、押し入れの前にはCDデッキやコンポの類が並べられ、ファクシミリの絵の描かれた段ボールがふた箱あり、台所には真新しいオーブンレンジが三台置いてある。廊下に充満する煙のことなど忘れ、また知らない人の部屋を開けてしまったということも忘れ、わたしはしばらくその場に立ちつくして開かれた他人の部屋に見入っていた。人の気配のまるでしない部屋だった。どこかのTV局の一室を思わせた。水道は数百年前から使っていないみたいに鈍く光っていて、ガス台はまだ真新しく飾り物のようだった。ガス台を見つめているうちようやく煙のことを思いだし、とりあえずその奇妙な部屋のドアを閉めて1号室へ向かった。

わたしはドアにへばりつき、1号室を思いきりたたいた。幾度たたいても人の気配はなく、ここも留守なのかと思いかけたとき、ひっそりとドアが開いた。

木の扉は三センチほど開かれ、その縦長の隙間《すきま》から橙《だいだい》の明かりとどろりと白い煙があふれ、光と煙につつまれるようにして男が立っていた。

「あの、煙すごいんですけど、大丈夫ですか、火とか出てるんですか」

ドアをもっと開けてもらおうと両手で引いたが、男が内側から強い力で押さえているらしく、三センチ以上一ミリも動かない。わたしはその三センチに顔を押しつけて部屋のなかをのぞこうとした。濃い煙の向こうに、TV画面だろうか、ちらちらといろんな色が見えた。ドアの向こうに立っている男はわたしの足元にじっと視線を落として動かない。

「なんか煙がすごいんで、不安になっちゃって。ほら火事とかだったら大変でしょ」

わたしはくりかえす。男は何も言わない。冬も近いというのに男はTシャツと短パン姿だった。額の真ん中で髪をわけていて、目も鼻も口も申し訳程度についているように小さい。黒いボタンが目と口の部分に縫《ぬ》いつけられているぬいぐるみを思わせた。年齢がまったくわからない顔立ちをしている。

「あの、もし火が出てるなら消防車とか呼びますか」

自分でもばかみたいなことを言っていると思ったが、男が何も言わないのでわたしはそう言った。消防車、と聞いて男の表情はかすかに動いた。

「だってほら、あんまりにも煙がすごいんで」

「平気です」

男はわたしの足元を見つめたまま、か細い声で言った。

「平気ってても、これいったいなんの煙ですか?」

「火事じゃないんで」

かろうじて聞き取れるほどの声で言い、男はドアを閉めた。廊下は一瞬にしてもとの暗さに戻る。

「本当に平気なんですか、わたし困るんです、火事は困るんです」

ドアをたたいてそうくりかえしてみたが、ドアがもう一度開かれることはなかった。

蓼科の部屋にとぼとぼと帰り、弁当を食い終わり寝そべってTVを眺めている蓼科に声をかけた。

「火事じゃなかった」

「だろ？　秋刀魚だろ？」

「秋刀魚でもないみたいだけど。それに、1号室の人、外人じゃなかった」

「何それ」

「郵便受けにPって書いてあるから」

「へえぇ、あそこの住人、おれ見たことないんだよなあ」

「なんだか、ものすごくへんな人だったよ」

「ああそうお」

蓼科は興味なさげに言い、玄関に突っ立ったままのわたしに手招きをする。

寝転がっている蓼科のわきに座り、三センチの隙間から見えた男を幾度も思い描いた。

あふれ出る煙と橙の光。ボタン目のぬいぐるみ。あの男は狭い部屋のなかでいったい何をしていたのだろう。

「このアパートなんかおかしいよ」

わたしは思い浮かんだことをそのまま声に出して言った。

「そうかなあ」

チャンネルをかえて蓼科は間延びした声を出す。

「なんだかやばそうな人ばっかりが住んでる。へんだよ」

「でもさあ、住み心地はいいよ。大家はいないしさ、昼間はたいていどの部屋も留守だから、大きな音出しても平気だしね。原のところなんかさあ、原芳春、大家が隣に住んでてうるさいらしいぜえ、ゴミ出しのこととか、一回女連れこんだら次の朝嫌味《いやみ》言われたって言ってたもんなあ。ここはいいよー。住人なんかべつに仲良しになる必要なんかないんだからどうだっていいんだよ。早く引っ越してきなよ」

蓼科はそう言ってわたしの膝《ひざ》に頭をのせた。

いつもと同じ時刻に向かいの部屋の四十女が帰ってくる靴音がし、十時前に石渡が帰ってくる物音がした。蓼科の部屋にいるたびそうして廊下の物音に耳をすませてしまうのは習慣になっていて、蓼科がどんなに音量をあげてTVを見ていようが音楽を聞いていようが、廊下で物音がすれば即座に、だれが帰ってきたのかわかるようになっていた。しかしその日、石渡の帰宅後しばらくして、廊下からにじみでるように聞こえてきたかすかな物音は、どの部屋のだれのものだか判別することがわたしにはできなかった。

ずりっ、ずりっと、重たいものを引きずるようなその物音は、どの部屋にもおさまることなく、かすかだがとだえずに廊下を行き来している。

「なんか聞こえない？」

わたしの膝に頭をのせたまま、柿の種を食べている蓼科に訊いたが、

「テレビ、テレビ」

蓼科はそう言うだけで気にするようすはない。わたしはＴＶの音量を少しだけ下げた。

廊下に何かをなすりつけて歩くような足音はこちらがわの突き当たりまできて、ふたたび入り口へ戻り、かと思うとまた引き返してくる。蓼科はいっこうに気にせず、母親が送ってきたもっとも新しい段ボール箱をあさり、日本酒をとりだして茶碗《ちゃわん》に注ぐ。玄関先まで這《は》うように移動して、物音をたてないようにそっとドアを開いてみた。

煙はさっきよりずいぶん薄まっていた。それでも暗い廊下をうっすらと白く染めあげて

いて、そのなかを、白い塊が移動しているのだった。それは縮んだり伸びたりしながらゆっくりとおもてに向かって進んでいく。

幽霊作戦を吉元が実行に移すとは思っていなかった。しかもこんな原始的なやりかたで。白装束《しろしょうぞく》を用意できなかったのだろう、シーツかテーブルクロスか、大きな白い布をすっぽりと頭からかぶり、前衛ダンスでも踊るかのように体をくねらせ、背伸びしたり中腰になったりしながら、廊下を歩きまわっているのだった。廊下の入り口までいくと、集合ポストのあたりでくるりと向きをかえ、奇妙な動きをやめずにまたこちらへ歩いてくる。頭からかぶった白い布地の顔の部分には、まるく穴が開いており、吉元の目と鼻がそこからのぞくようになっていて、それがばかばかしさに拍車をかけていた。

少しだけ開けた扉をさらに開け、首を伸ばして、歩きまわる白い塊に手をふってみた。吉元はすぐ近くまできてわたしに気づき、まるい穴から顔をしかめて見せ、人さし指を出して口のあたりに押しつけた。あたりに充満している煙は、吉元のために用意された安っぽい特殊効果のように思えた。

ドアを閉め、笑うまいと思ったがこみあげる笑いを抑えることができず、ふとんスペースへと続く細い通路に体を横たえてわたしは爆笑した。吉元は真剣だった。白い布に開けた二つのまるい穴から見えた吉元の真剣な目玉を思い出すと、笑いすぎて涙まで流れた。

「何、何」

笑い転げるわたしをふりむいて蓼科が訊く。

「ゆ、幽霊が歩いてる」

玄関の戸を指して言った。腹が痛かった。

「うっそ、まじ」

蓼科はわたしをまたぎ、玄関の戸を細く開いておもてを確かめる。

「何もいないじゃん」

蓼科がそう言うので彼を押しのけて廊下をのぞくと、たしかにそこに白い塊はなかった。裸電球に照らされた暗い廊下が、夜の闇《やみ》に向けてずっと続いているだけだった。

「何言ってんの、おまえ、さっきから、火事だの、幽霊だの。大丈夫?」

蓼科はわたしの頭を軽く小突《こづ》くと、ふとんスペースに戻ってTVと向き合う。腹に残った笑いを吐き出しながら、わたしはぽかんとひとけのない廊下を眺めた。わたしは吉元の幻でも見たのだろうか。

おさまらない笑いにばつの悪い思いをしながら蓼科の横に寝転んで、ふと何かの気配を感じて窓の外に視線を移した。吉元はたしかにいた。半分ほど開いたカーテンに挟まれた闇に、白い影が移動するのが見えた。廊下をひととおり往復し終えて、今度はアパートの敷地じゅうを歩きまわっているらしかった。今度こそわたしは笑いをおさえた。白い影は窓を横切って消えた。

一時近くになって蓼科は部屋の明かりを落とし、隣に寝そべるわたしに唇《くちびる》を押しつけ胸をまさぐりはじめたが、とてもその気になれなかった。わたしは頭のねじがゆるんだように笑いだし、不審な顔をする蓼科にくすぐったいのだと言い訳をしなければならず、蓼科はふてくされたように背を向けた。ふとんを鼻先まで持ち上げて笑い声をおさえ、息が漏れないように舌を噛《か》んだ。

窓に視線を向けていると、忘れたころに白い影はあらわれて窓の外で奇妙な動きをくりかえし、ふっと消える。いつまで続けるのだろうか。わたし以外、だれも見ている人などいないだろうに。

うとうとしかけていたのだが、体じゅうをそっとなでるような低い話し声で目がさめた。声は隣の部屋から漏れてくる。ひとしきりしゃべったあと、ああ、いや、と相槌《あいづち》を打っているところからすると、小松はだれかと電話でしゃべっているらしかった。

「だあーからそうじゃねえって、そういうことじゃねえって言ってるでないの」

ふと声の調子があがる。蓼科は折り曲げた足のあいだに両手を差し入れて、鈍いいびきをかいて眠っている。窓の外を白い影が横切る。吉元はまだがんばっているらしい。もう二時に近い。

「ああ、そうだよ、……まあな、それはそうかもしれねえけど」

小松は酔っているようすだが泥酔状態ではない。窓の外の白い影に気づくようすもない。わたしは天井を見上げたまま息を殺して、暗闇からにじみでる声を追う。

「電話しろっつったっておれはそういうことはできねえの。人の顔見ないでしゃべるのはおれは好かん。しょうがないっつったってしょうがねえよ。だからだめなんだ、わかってんだそんなこと。わかってんだよ」

薄い壁の向こうで小松は相槌を打つことをやめ、もそもそとひとりごとのように話しはじめる。わかってんだって、だめだなあって、だからこうして困ってるのよ……。

「ふじこちゃん」

小松はつぶやく。

「ふじこちゃんよう」

ああ、小松は恋をしているのだ、と、ふたたび眠気《ねむけ》に支配されていく頭で考えた。なぜ気づかなかったのか。ふじこちゃんに恋をしているのだ。

「おれはだめだなあ！」

やけばちでどなるような声が聞こえ、いきなり静まりかえった。蓼科のいびきがぴたりとやみ、重たいまぶたを持ち上げてわたしは窓の外に目を向ける。カーテンの合間の、窓ガラスにはりついた闇に白い影がまたあらわれるのを待ってみるが、闇はぴくりとも動かない。

電話をかけてから三十分後、吉元はビールのつまったビニール袋を持って蓼科の部屋にあらわれた。遠慮がちにドアをノックし、部屋のなかを落ち着きなく見まわし、そっと足を踏みいれ、そこだけ空いているふとんの上にちょこんと座る。

「あ、これ、どうぞ」

緊張しているらしくうわずった声でわたしにビールを差し出す。

「平気だよ、蓼科は十時ごろまで絶対に帰ってこないから」

そう言っても吉元は、どこかびくびくして正座した足を崩すこともしないでいる。

最近の蓼科は、小学生だってそんなことはしないだろうに、向こう一週間の予定をこと細かくわたしに話す。月曜日は五限までだから六時には帰ってくる、火曜日は原と一緒に渋谷でバイトをしている友達のところに顔を出すから遅くなる、たぶん九時すぎ、水曜日は四時には家にいる、そんな具合に。この部屋にきていると、彼は言ったとおりの時間にきちんと帰ってくる。

そして今日は、原芳春と、佐藤と山本とパールセンターの焼き鳥屋で飲み会があるらしい。会合のテーマは冬にいくスキーの企画だそうだ。彼が言っていた佐藤も山本もわたしは知らないのだが、蓼科は申しわけなさそうに、女も一人くる、神埼《かんざき》って女、と告白し、でもそれは山本の彼女だから、と言い訳口調でつけたしていた。帰りはたぶん十時半と言っていたから、今日もぴったり十時半に帰ってくるのだろう。

正座のまま首を伸ばして、散らばったCDをものめずらしげに見ている吉元にビールを渡し、蓼科がいつも食料を取り出す段ボールからポテトチップスを見つけてふとんの上においた。

「なんか、あんたの家みたいじゃん」

吉元が言った。

「だって、週の半分くらいはここにいるんだよ。こんなに狭いところだし、何がどこにあるのかはいやでも覚えるよ」

わたしはふとんに寝そべってポテトチップスの袋を開けた。週の半分くらいここにきていたって、今以上くわしく住人のことを知ることはできないし、まして追い出すことなど不可能に近く思えてくるだけなのだが、わたしはなぜか合い鍵でこの部屋へ入ることをやめないでいる。

「ふうん。なかはこうなってるんだ」

吉元は脱ぎ捨てられた衣類や雑誌で散乱した蓼科の部屋を幾度も眺めまわしてひとりご

ち、落ち着きなくビールを口元に運んだ。

「本当にやるとは思わなかった」

先日の幽霊作戦のことを口にした。吉元は褒《ほ》められたと勘違いしたらしく顔をほころばせ、足を崩して身を乗り出してくる。

「だろ?」

「あんなばかげたこと」

しかも徘徊《はいかい》するシーツの幽霊に蓼科も、おそらくほかの部屋の住人も気づかなかったに違いないと言ってやりたかったが、それは言えなかった。

「おれは思ったんだけど、出ていくとしたら1号室だね、これはもう確実」

わたしの嫌味《いやみ》を無視して、吉元は自信ありげに言う。

「なんでよ」

「びびってた」

「なんでわかるの?　部屋のなかから出てこなかったでしょ」

「お祈りしてたもん」

「お祈り？　どんな？　お経《きょう》系？　アーメン系？」

「さあ。文句までは聞こえなかったけど、びびって何ものかに必死に祈っていたのはたしか。まあ成功と言えるね。少なくともパンツ盗むより効果ありだね」

吉元のその自信は見知らぬ部屋にいる緊張を急激にほぐしたらしく、ポテトチップスを大量に口に放《ほう》りこみ、かけらをふとんの上にこぼして気にするようすもない。ばりばりとポテトチップスをかみくだく音を聞きながら、数センチの隙間《すきま》から見た1号室のPを思い出していた。宗教か。そう言われれば、なんとなくだが納得がいく。あのかたくなな態度にも、いってしまったような目つきにも、大量の煙にも。とすると、吉元が聞いた祈りの言葉は、窓の外の白い物体をおそれてのものではなく、彼の日課なのではないか。

「それ、案外いけるかもしれないよ、吉元」

わたしは彼を真正面から見て言った。

「このあいだだってあの部屋から大量の煙が出てたし、応対したPもへんなやつだった。このアパートの住人や、大家さんに1号室の男はなんかあやしげな宗教やってるって言いまわれば、みんな気味悪がってやつを追い出すのに協力するかもしれない」

勢いこんで言ってから、フリルとレースの四十女や、ふじこちゃんの小松や、どれだけ煙が出ていようがまったく関知しない蓼科が、協力などするはずもないことに気づく。週の半分ほどここに通ってわたしはそのことだけを確認したようなものだ。隣の部屋に連続殺人の指名手配犯が住んでいようがだれも気にすることはないに違いない。

「へんな宗教じゃなくて普通のかもしれないけどさ、とにかくやつがびびったことはたしか、今ごろコンビニでもらってきた段ボールに荷物詰めてるころだと思うけどなあ。駄目押しでもう一回やるか、幽霊作戦」

「そうだねえ」

適当に言ってわたしは仰向《あおむ》けに寝転んだ。

「あんたがここにこうして住みついているのはなかなかいいことだと思うよ」

吉元はわたしを見下ろして突然そんなことを言った。

「なんでよ」

「相手を知るってことは出ていってもらう面でとても役立つような気がしてきた。おれ、Pを徹底的にマークしてみようかな。幽霊作戦もやるとしたら彼だけをターゲットにするとか。あんたの言うとおりへんな宗教やったり爆弾作ってたりするかもしれないしね」

「だから最初からわたしはそう言ったじゃん。なんでわたしがここにいると思ってんの」

はたして蓼科をよく知るためにわたしはここにいるんだろうかと言ってから不安になり、首の向きをかえてビールをのどに流しこんだ。

「Pの次はどこをねらう？　蓼科くんはむずかしいだろ？　パンツも一回盗んだことだし、そのフリルのおばさんにしようか？」

吉元はだいぶリラックスしてきたのか、そばにあったCDを取り出してかけ、わたしがさっきのぞいていた段ボールから煎餅《せんべい》を持ち出してくる。

「1号室のPが出ていけばそれでいいじゃん」

わたしが言うと吉元はわたしをのぞきこみ、

「ふた部屋空けなきゃ」

と言う。

「ふた部屋？　なんで？」

「1号室はおれが住む、あんたのために、もうひとつ部屋を空けなきゃ」

「わたしがここに住むの？」

「そのつもりじゃなかったの？」

「わたしはべつに引っ越す理由も必然性もないよ」

「じゃあなんでここにいたり、おばさんの下着盗んだりしてるわけ？」

あんたが住む部屋を確保するためだ、それだけだ、と、なぜだか言うことができなかった。

「同じアパートに住んでたらいろいろ便利だと思うよ。奥さんごっことかできるじゃん」

「何それ」

「奥さんちょっと、お醬油《しょうゆ》貸して、とかさ。いつだったか、あんたペンチ必要になって、真夜中にさー、三十分自転車漕《こ》いでうちまで借りにきたことあったでしょ、あんなこともしなくてすむんだよ」

吉元はあぐらをかいて蓼科の母親が送ってきた煎餅をぼりぼりとかじっている。わたしは黙ったまま彼を見つめた。ここに入ってきたとき、わたしの家みたいだと吉元は言ったけれどそんなことはなく、何がどこにあるのか把握してもわたしはこの部屋で借物のように見えるだろうと思った。もしどこかの部屋が空いて吉元がそこにおさまったとしても、やっぱり彼も同じく借物のように見えるのかもしれない。

「わたしは引っ越したいとは思ってないし、お醤油ごっこもやりたくない」

そっぽを向いてわたしは投げ捨てるように言った。

「奥さんごっこだよ」

吉元は訂正して、小さなげっぷをした。

八時過ぎに廊下を歩く物音がし、「あれが向かいの四十女」と教えると吉元は神妙な顔でその音に聞き入っていた。

「そういえば」

女が内鍵《うちかぎ》をおろしたところで急に思い出してわたしは上半身を起こした。

「2号室って、入ってすぐの左手の部屋ね、鍵かかってなかった。この前開けちゃった。テレビとか、電化製品がたくさんあったんだ」

「え、そうなの？　鍵かかってないの？　ひょっとして小さな村とか島の出身の人が住んでるのかな、鍵をかける習慣のない」

「いつもかどうかはわからないけど。でも人が住んでるって感じじゃないんだよね」

「いってみようか」

吉元はわくわくした顔つきで立ち上がり、わたしを待たずに廊下へ出ていく。

2号室の部屋の前に立ち、おそるおそるドアに耳を近づけるわたしを尻目に、吉元はごく自然にドアノブをまわした。

「開いてるよ」

声を落として吉元は言った。

わたしたちは顔をくっつけてなかをのぞきこんだ。以前わたしが開けてしまったときと何もかわっていなかった。壁際に積み上げられたTVとビデオデッキ、押し入れをふさぐカセットデッキやコンポ、箱入りのファクシミリと真新しいオーブンレンジ。だれもいないが不在という雰囲気がまるで漂っていない。少し前までここにいただれかがいなくなってはじめて、不在という空気は存在するのだ。そしてこの部屋にはだれかがいた気配というものがまるで感じられない。

「入ってみよう」

吉元は言いながら玄関に靴を脱ぎ捨てる。わたしも続いた。ひんやりと突き放すような冷たさが、足の裏をつうじて這《は》い上がってくる。吉元が電気をつけようとし、わたしはそれをやめさせた。

わたしたちは暗闇《くらやみ》のなか、人の気配のまるでしない部屋に膝《ひざ》をまるめて座った。カーテンを引くと、街灯か月の明かりか、白っぽい光が垂れ下がるように入りこんできた。

「わかった」

吉元が声をひそめてつぶやく。

「ここを借りてるのはビデオ趣味の中年男だな。べつの場所に住んでて、ビデオなんかを編集するときこっそりここへきて、一人静かに編集作業に没頭してるんだよ」

「なんでこっそりやんなきゃなんないの」

「たぶんあれだな、奥さんが大反対なんだね、こんな金のかかる趣味。もしくはやばいビデオとか。だとしたらこの部屋を空けてもらうのは簡単かもしれない。奥さんにばらせばいいんだから」

吉元の自信に満ちた言いぐさに、銀縁眼鏡《ぎんぶちめがね》の脂ぎった中年男を想像しかけたのだが、世の中はそんなに簡単にわかりやすくはない。何年もかけて私たちはそういうことを学んできたし、このアパートについてさえ何ひとつ思いどおりにいきそうもないことを思い知らされているのに、吉元はまだわかっていないらしい。Pが祈っていたという話も、ひょっとしたら彼のこういう思いこみなのかもしれない。

「じゃあ三台のオーブンレンジはなんなの。ビデオ趣味の男はどこかのコックでもあるとか？」

わたしの問には答えず、吉元は続ける。

「でもここに住んでいないとしたら、もったいないよ、あまりにももったいない。ここに住むことを熱望しているおれみたいな人がいるってことを知ったらこんな無駄なことはできないはずなんだけどなあ」

「まああんたのことなんか知らないだろうしね。知ってたってだからなんだって話だろうしね」

遠くクラクションが聞こえる。このアパートの部屋からか、隣接した一軒屋からか、小さくTVの音声が聞こえてくる。わたしたちはしばらく黙ったまま、それぞれ膝を抱いて部屋のなかを意味もなく見まわした。膝にまわしていた腕をとき、わたしは畳に横たわってみた。そのまま沈みこんでしまいそうなほど畳は冷たく、畳の青くさいにおいがかすかに漂っている。闇のなかにほの白く浮かび上がる天井は、蓼科の部屋と同じ木目模様だが、まるで表情が違って見えた。吉元もわたしのまねをして横たわる。

「人の気配がしないからってここに居着いちゃうのはまずいよな」

吉元の声がすぐ近くで聞こえる。

「犯罪になるからね」

「犯罪はちょっとな」

はじめて吉元の部屋に泊まったときのことを思い出した。キャラクターのシール、見慣れない本。教室でよく見る吉元のペンケース、遠い天井、見知らぬにおい。わたしたちにとっておたがいははじめてともに寝た他人だった。それほど親しく口をきいたこともなかったのに、というより、相手を恋しいと思ったことなどただの一度もないのに、なぜそんなことになったのか、わたしは幾度も考えた。もちろん吉元をきらってはいなかった。好きか嫌いかといったら好きな部類に入った。けれど熱烈に恋していたわけではない。

結局わたしはあのときとてつもなく暇だった、そう考えるのが一番しっくりくる。やらなければならないことは今よりたくさんあった。宿題があり時間割があり、ホーム・ルームがあり放課後があり、受験があり門限があった。それでも自分が膨大な、使いきれないほどの時間を抱えこんでいる気がしてならなかった。そしてその途方もなく膨大な時間のなかに、何もせずぽつんとたたずんでいることがどうしようもなく不安だった。吉元も同じことを思っているような気がした。だから、いくぶん興味がないわけでもなかった性的な部分へ吉元と足を踏みこむことで、手にあまる時間の半分くらいは消化できるのではないかと思った。

ともあれ実際のところ、性交はわたしを時間のなかから救いはしなかったが、それでも、見知らぬにおいを嗅《か》ぎながら見慣れない部屋で眠り、目覚めること、それはどこかわたしを安心させた。

「もしわたしたちがもっと暇だったら、おたがいばりばり仕事して、結婚してたかもしれないね」

頭に浮かんだことをそのまま口にした。

「暇だったら?」

「うん、なんていうか、もっとさあ、自覚的に暇だったら」

「じゃあ早坂と井田は自覚的に暇だったのかなあ」

吉元は今年の頭に結婚した同級生の名前を言った。

「結婚したいと思ったことはないけど、死ぬほど暇だったらするかもなあ」

「暇だってことをわたしがもっと自覚してたら、毎日ハローワークいくと思うもん、仕事見つけて、ばりばりやると思うんだけど」

「ってことは、今は、暇だってことを自覚してないわけだね」

「そういうことになるね」

それきりわたしたちは黙って、畳と同化するように静かな呼吸をくりかえした。

ポストを乱暴に開ける音が聞こえ、わたしたちはからだを硬くして息をひそめた。廊下に足を踏みいれる音が聞こえる。どの部屋の住人だろうと思った瞬間、はじけるような笑い声がふたつ聞こえ、話し声が続いた。

「蓼科だ」

つきあたりの部屋の鍵をまわす音が聞こえてきて、話し声がドアの向こうに消えてからわたしはつぶやいた。こうしてべつの部屋で、蓼科の足音をきいているのは妙なものだった。

「帰ろうっと」

わたしは立ち上がった。吉元はまだ畳に横たわって天井を見ている。

「あんた、どうするの」

「ここにいちゃまずいかな」

「まずいよ、いつだれがくるかわかんないし」

片腕をつかんでひっぱると吉元はしぶしぶ立ち上がった。わたしはさきに部屋を出て、あたりを見まわし、だれもいないのを確認して吉元に手招きをした。彼は近くにあったCDデッキを片手に下げて部屋を出てくる。

「ちょっと、それどうすんの」

「うちの、調子悪いんだよね」

「やめなよ」

「いや実際困ってるんだよ。サンプル盤けっこうもらってきたのに何も聴けなくて」

言いながら靴をはき、背をまるめてこそこそと玄関を出る。

「返してきなよ」

抑えた声で言ったが吉元は無視して廊下を進み、おもてへ出る。あとを追った。

「持っていったらやばいって」

「たくさんあるんだからいいよ。おれね、明日からPをマークするからね」

「知らないからね」

「じゃあまたね。何かわかったら留守番電話に入れておくよ」

吉元はCDデッキを下げたまま菊葉荘の門を出ていく。バイバイ、垣根の向こうから小さく吉元の声が聞こえた。

蓼科の部屋に戻ると見覚えのある男がきていた。二人はふとんスペースに向き合って座り、湯飲みを手にして玄関を開けたわたしを見上げている。

「覚えてる？　芳春」

蓼科が言い、

「お邪魔してます」

原芳春は頭を下げて蓼科を肘《ひじ》で小突くまねをした。

ふとんスペースに三人で座ると、ひどく窮屈に感じられた。けれどほかに座る場所もなく、わたしたちは黄ばんだふとんの上で膝《ひざ》を突き合わせるようにして酒を飲んだ。

「すいません急に」

原芳春が言い、重ねるように蓼科が、

「帰れっつったんだけど、原んち、あの飲み会以来電話がすごいんだって、あのちびから。で、帰りたくないって言うもんだから、連れてきたんだけど」

酒くさい息をはいて言った。

「おれじつは蓼科うそついてるんだと思ってて。典子さんと一緒に住んでるなんて、見栄《みえ》はりやがってって思ってて。でも本当だったんだ」

「一緒には住んでないよ」

わたしは言った。

「まだね。まだ。住んでるようなもんだけどね」

「でもおれ蓼科のとこってはじめてきたけど、ものすごいね、この散らかりかた。足の踏み場もないってこのことだな。女の子がきてくれるのにおまえかたづけようとか、思わないわけ？　もう少しなんとかすればけっこう広いと思うんだけどなあ。ふとんの上にいるしかないじゃねえかよ」

「あのね、こんなの、かたづけようと思えば三十分でできるんだよ」

「なあこのビデオ、いつからあるの？　ひょっとしてこれ、貸出し期限とうにすぎてない？」

盛り上がったトレーナーや雑誌の合間からアダルトビデオを取り出し、しげしげと眺めている原芳春の横顔を盗み見て、ヤス子がなぜこの男に興味を持つのかなんとなくわかるような気がした。蓼科と並んでいるとよくわかるけれど原芳春はどことなく清潔な感じがする。性欲のなさそうな清潔さであり、暴力性が欠如したような清潔さだ。わかりあえてよかったと思うとつぶやく、留守番電話のヤス子の声が思い出された。

「ねえ蓼科って巨乳好きなの？」

原芳春はさらに荷物をひっくり返してエロ雑誌を取り出し、ぱらぱらとめくる。蓼科はそれを彼の手から奪い、ふたたび積み上げられたものの奥深くにしまいこんだ。それから乱暴にそれぞれの湯飲みに酒をついでまわり、透明の液体は少しこぼれてシーツをぬらした。

「ヤス子は電話をかけてきてなんて言うの？」

わたしは訊いた。

「いや、明日の英語の宿題ってあったっけ？　とか、この前休んでたからノート貸してあげようか？　とか、どうってことない話題なんだけど、だけど長いんだなあ、話があって長いならいいの、だけど沈黙するんだよ。沈黙してそれで切ってくれないから、なんかこわくってさあ。ここんとこ、それ、毎晩だからね」

蓼科は背をのけぞらせて大袈裟《おおげさ》に笑う。

「迷惑だからかけるなって言えないのかよ」

「あーおれ、言えないんだよね、そういうこと。しかもあの子なんかこわそうじゃない、そういうこと言うとさあ。あーあ、おれ今年後半しょぼいよなあ、一回連れこんだ女には逃げられるしさあ」

「なんで逃げられたんだよ」

「いやけちっていわれてさ」

原芳春と蓼科は膝ばかりでなく額までくっつけるようにして話し続ける。話はとぎれることがなかった。ものすごい勢いで話題はかわり続けた。女とけんかした顚末《てんまつ》を話していたかと思うと、けちとは何かについて討論しており、そうかと思うと音楽事情について情報を交換し、高校時代の自慢のしあいになり、そしてふたたび原芳春の連れこんだ女の話題になった。わたしは彼らと三角形を描く位置に座って、においのきつい酒をすすり、ときには相槌《あいづち》をうち、笑い、黙って彼らの話を聞いていた。

酒くさい息を部屋じゅうにまき散らして次々と話題をかえ続ける彼らは、健康的に思えた。彼らはまるで、理科室に飾ってある人体の模型、どこも肥大も縮小もせず、こうあるべきだという内臓をすべてのぞかせて突っ立っているあの、姿勢のいい模型のように思えた。

蓼科は五度ほど遠まわしに、三度ほど本気で、帰ってほしいと原芳春に頼んでいたが、彼は帰ろうとしなかった。七時ごろから飲み続けている彼らは次第にそんなことはどうでもよくなったらしく、酔いつぶれ、折り重なるようにして眠った。一組のふとんは三人で眠るにははんぱでなく窮屈で、彼らの合間のほんの少しの隙間《すきま》に自分をねじりこまなければならなかった。交互に交わされる、高低の違ういびきを聞きながら、小松が帰ってくるのをわたしは待っていた。

三時近くになって小松は帰ってきた。だいぶ酔っているらしいことは、隣から響いてくる物音でわかる。まっすぐ歩けずビール瓶をひっくりかえし、水道の蛇口《じやぐち》に直接口をつけて水を大量に飲む。隣から聞こえてくる物音は、見たこともない他人の部屋をありありとわたしの頭のなかに浮かび上がらせる。ちゃぶ台と小さな食器棚以外、家具らしいもののひとつもない質素な部屋。わたしの知るかぎり、小松の飲酒量はここ数週間で激増している。

ふじこちゃん、と小松がせつなくつぶやくのを待っていたが、その日聞こえたのは、くふふ、くふふふん、という、おさえた笑い声だった。それは暗闇にそっと響いては消え、消えてはまた響いた。

背中にそっと生暖かい手がふれ、蓼科がねぼけているのだろうと思いそのままにしていると、手は背中から首筋へとまわり、すべりこむようにしてトレーナーの中に入ってきた。その感触がいつもと違うのでふりかえった。わたしの背後にいるのは蓼科ではなく原芳春だった。

暗闇で原芳春の目玉が光っている。目が合うと、彼は目を細めて笑いかける。首筋から侵入してきた手をそのままにしているわたしがすべてを承諾したと思ったらしく、原芳春は顔を近づけてわたしの唇《くちびる》をなめた。片手でわたしの乳房《ちぶさ》をもみ、片手で尻《しり》や太ももをなでまわす。蓼科の、あの自己中心的で儀式めいた、まったく色気のない愛撫《あいぶ》に慣れていたわたしにとって、やわらかく動く彼の掌《てのひら》は非常に心地よく、ここが蓼科の部屋であるとか、隣に蓼科がいるとか、そういった諸事情をすべて忘れて下着を脱ぎ捨てそうになった。

清潔そうな感じのするこの男は、ずいぶん多くの女たちを相手にこうしたことをくりかえしてきたのだろうと思った。それはそれで気分的に楽だったし、声をおさえてなすがままになっていてもよかったのだが、下着を脱ぎ捨てるかわりにわたしは原芳春の両手をおさえつけ、体から引き離した。蓼科の眠るかたわらでそうして体じゅうを撫《な》でまわされたり、性交に及ぶということが、理科室の人体模型のように健康的なことに、急に思えたのだった。引き離してもなおふれてくる原芳春の手を、もぐらたたきゲームのように数十回たたいて阻止した。

「いてえ」

小さく言ってようやく原芳春は手を離した。今のは冗談でした、と言うような自然な笑いかたをし、こうして拒まれたことも数えきれないほどあるのだろうと思わせた。

くふん。うふふふふ。

おそらくふとんにもぐってだしているであろう小松の、うっとりしたような笑い声が、忘れ物をとりにきたように響いた。

鍵を鍵穴に差し入れ、扉を開けると、よそよそしいにおいが染み出してきてわたしをつつんだ。それで、自分の部屋へ帰ってくるのがひどく久しぶりであることに気づいた。毎日出入りしていると自分の部屋ににおいがあることなど気づかない。扉を開けたところで大きく息を吸いこみ、自分のものらしいにおいを嗅《か》ぐ。これがいったいなんのにおいであるのかわたしにもわからない。スパイスでもないし染みついたたばこのにおいでもない。

たとえば吉元の部屋にいくたび、かすかに甘さを含んだようなにおいに気づく。それはチョコレートの甘さでもないし、ソーダの甘さとも違う、吉元の体臭というわけでもない。それでもそのにおいを嗅ぐたび、ああ吉元の家だと思うのだ。いったい部屋ごとのにおいというのはどこから入りこみ何と混ざりあって形成されるのか。

嗅ぎ慣れないにおいに迎えられたせいで自分の部屋へ帰ってきたような気がしなかった。すべての窓を開け放ち、掃除をはじめた。掃除機をかけ、床に這《は》いつくばってフローリングに雑巾《ぞうきん》をかけた。そこでわたしはふと手をとめて、しゃがみこんだままの格好で部屋のなかを見まわした。

何かが違う気がする。わたしがいないあいだにだれかがここへ侵入したような、異物感がある。立ち上がり、雑巾くさい手で書類入れの引き出しを開ける。通帳も保険証もはんこもあった。それを確認しても落ち着かず、五段ある引き出しを次々に開けていく。

請求書。支払い済みのものとまだのものが混じって詰めこまれている。水道料金をまだ払っていない。次の段は友達からの手紙とはがき。暑中お見舞申し上げます、という右上がりの文字が一番上にある。三段目はピザや寿司《すし》の出前表、サービス券やDMも混じっている。それから書類、失業保険をもらうために必要な書類が四段目には押しこまれていて、最後の段は通帳や保険証だ。

何もなくなっていないし、何も増えていない。いつもと同じ。すべての引き出しを閉めてもう一度雑巾を握りしめ、顔をあげチェストに駆け寄る。下着の詰まっている引き出しを開けて、パンツやブラジャーの数を数えてみる。しかし数えてみたところで、何が正解の数字なのかわたしにはわからない。チェックのパンツをいつ買ったのか覚えておらず、フロントホックのブラジャーがあったはずだが、ワイヤーがよじれて自分で捨てたような気もする。パンツの数が異様に増えているが、蓼科のところに泊まるたびコンビニエンス・ストアで安いパンツを買っているのだから、増えていてあたりまえだ。もし下着泥棒が入ったとしてもパンツを増やしていくようなことはしないだろう。

何もかわっていない、だれも侵入していない、そんな気がするのは久しぶりに自分の部屋へ帰ってきたからだ、口の中で幾度もそうくりかえして、雑巾がけに専念した。戸も窓も閉めきって、ここで生活もしていないのに、どこからか大量に埃《ほこり》が入りこんでいて雑巾は真っ黒になる。雑巾を洗面所で洗うと今度は洗面所が汚れ、腰を折り曲げて洗面所をきれいにする。風呂場《ふろば》を洗い、台所を磨き、シーツや枕《まくら》カバーを洗濯して干した。ひととおりの掃除を終えてベッドに寄りかかり、窓の外で日の光にさらされて揺れるシーツを眺める。たばこに火をつけ、留守番電話の録音ボタンが点滅していることに気がついた。用件は十七件です、ボタンを押すと機械の女の声が流れ、メッセージが続く。三件は無言で、十四件はすべてヤス子だった。「何してるのかなと思って……」メッセージはそれだけだったり、「ドイツ語のことなんだけれど教科書の三十八ページから四十ページ、ここは後期の試験で問題に出されるそうよ、それから、今度使うことになった参考書なんだけど、のりちゃんは学校にきてないからまだ知らないと思うけどもう難しいのなんのって、それがね、日本語訳がじつは出版されていて、みんな買い漁《あさ》ってるから早く買ったほうがいいわ、出版社と訳者名を教えるから電話ちょうだい」などと、録音時間内におさまるよう早口でしゃべっていたりした。

ヤス子の声は原芳春の愛撫や暗闇のなかの笑顔を思い出させた。録音されたメッセージをすべて消去して、台所に置かれたやかんが油まみれであることに気づき、磨きはじめる。背をまるめてやかんを磨きながら、部屋をそっとふりかえった。だれも侵入していないに違いないが、そう思っても自分の部屋である気がしなかった。壁にかかった絵や、食器棚の上のコーヒー缶やインスタントラーメンや、台所の窓に並んだ鉢植などを、自分がいつ買って、どのようにしてそこへ置いたのか、思い出さなければならず、そうしていると、記憶はどんどんあいまいになっていくのだった。

結局、やかんにこびりついた油を半分落としたところで、自分の部屋を飛び出してわたしは菊葉荘へ向かった。

蓼科は八時を過ぎても帰ってこず、二、三日前に彼が口にしていた向こう一週間の予定を思い出そうとしたが、飲み会や渋谷の友達やスキー会議がごっちゃになって、思い出せなかった。

蓼科の部屋から幾度か吉元に電話をかけてみた。しかし答えるのはいつも留守番電話だった。吉元はどこかでPを徹底的にマークしているのだろうか。

向かいの四十女が帰ってきて部屋に入る物音を確かめてから、風呂にいく支度《したく》をして菊葉荘を出た。

菊葉荘にいるときはいつも早い時間に銭湯にいっていたから空《す》いていたが、その時間帯の女湯は混《こ》んでいた。ほとんどが体じゅうに無尽のしわを走らせた老婆だが、幼い子どもを連れた母親も、ビキニのあとのうっすら残る若い女もいた。菊葉荘から一番近い朝日湯は、かなり古びていて、タイルの目地《めじ》はすべて黒ずみ、湯船のうしろの巨大ペンキ絵――銭湯のペンキ絵といえば富士山だと思っていたが、ここのは松林と海岸が描かれている――は、ところどころはげかけている。立ちこめる湯気《ゆげ》のなかに子供のふざける声が響き、水しぶきの音が響き、男湯から鼻歌が聞こえてくる。

湯気につつまれて、どこか幻想的に行き来するいくつかの裸体をわたしは眺めた。みなそれぞれに何か言いたげな裸だった。ビキニのあとの残る裸体はその水滴をはじく肌、ぴんと上を向いた乳房《ちぶさ》、日焼けのあとが、若い女の無責任な奔放さを語っているように見えたし、たるんだ腹に妊娠線の残る女の、たがいにそっぽを向いた乳房は疲れきって何かにいらだっているようだった。湯船から上がり、赤くほてった自分の体を見下ろして、自分自身の裸体は何を語るのか一瞬考えてみたが、自分のこととなると部屋のにおいのようにわからない。

全身を洗ってふたたび湯船に戻り、入り口を向いて肩まで湯に浸《つ》かったとき、ガラス戸を開けて中年の女が入ってくるのが見えた。見覚えのある顔だった。6号室の四十女だと、しばらくして気づいた。タオルでへそから下を隠して桶《おけ》といすを手に、空いた場所を捜している。入り口付近の排水溝のわき、そこだけひとけの少ない場所に、申しわけなさそうに女は座った。

わたしはあごまで湯に浸かり女を凝視した。排水溝わきのカランの近くに場所を確保すると、女は遠慮がちに湯船に向かって歩いてくる。もうもうと立ちのぼる湯気のなかで女の裸体はひときわ白かった。化粧気のない顔はのっぺりと白く、美しいとはいえないが不細工というほどでもない、目も鼻もすべて遠慮しているような地味な顔立ちだがやはり化粧をしているよりはまともに見えた。

女が湯船の、わたしのすぐとなりに沈みこむとき、彼女の裸体をわたしはまじまじと観察した。あまり豊かでない乳房は少しばかり垂れ、乳児の爪《つめ》を思わせる淡い色の乳首が申しわけなさそうについている。体のどこにもまるみを帯びた部分がなく、女は白く古くさい棒のようだった。股間《こかん》に毛の生えない幼児でさえ知らずににおわせている性的な印象がまるでない。しなび、枯れ、女の態度と同じように遠慮がちな、情けない裸であるのに、しかし彼女の裸はどこかしら毅然《きぜん》としていた。白っぽいファンデーションで顔を塗りたくり、フリルまみれの服を着て歩くより、こうして裸で町を歩いていたほうがどれだけ自然かとわたしは心のうちで思った。

女と何か話すきっかけがつかめないかと、かなり長いこと湯船に浸かっていた。しかしそれよりさきに湯に浸かりすぎて気分が悪くなり、湯船を出た。足元がふらふらした。言いたいことを言い合えてよかったわと、ヤス子とまったく同じ声で、四十女がわたしに声をかけた気がしてふりむいたが、女はうつむいてじっと湯船に浸かっていた。

菊葉荘の門をぐり入り口に近づくと、まだ電球が切れたままの暗い廊下に人の気配がする。とっさに体を硬くして、ポストに隠れるようにして廊下をうかがう。人影は廊下のなかほど、石渡の部屋の前をふさぐようにして立っている。若い女だった。このアパートの住人ではない。

呼吸を整えて廊下に足を踏み入れた。女はわたしの気配を感じていきおいよくふりむいた。派手な女だった。フェイクファーのコートを着て、光沢のあるミニスカートをはいている。暗闇のなかで、女がべっとりとぬりつけたアイシャドーが光っていた。わたしを見て、じつにわかりやすく女が落胆したので、彼女がなぜここにいるのかなんとなく理解した。

「あのー、何してるんですか?」

声をかけると女はわたしを見下ろす。ずいぶん背が高いが、女は冗談みたいに底の厚いブーツをはいていた。

「あなたそこで、だれを待ってるの?」

続けて言う。

「えー?」

若い女はわたしに値踏みするような視線を投げてよこし、面倒そうに口を開く。

「石渡さんに何か用?」

石渡の名を出すと女は表情をかえた。

「何あんた?」

唇をとがらせて言う。

「何ってこっちが訊《き》きたいわよ、あなたはだれなの? 石渡のなんですか?」

思ったより簡単に女が挑発にのってくれたので、すらすらとでまかせを言うことができた。部屋の前で石渡を待つ若い女とトラブルを起こせば、石渡がここを出ていくきっかけになるのではないかと、とっさに思ったのだった。若い女は、突然声をかけてきた、髪の濡《ぬ》れた銭湯帰りのわたしを、こちらの意図通り石渡の何かであると疑わないらしく、

「えー何あんたー、関係ないじゃん」

と挑戦的な態度をとる。

「だれかくるかもしれないけどそのときは追い返してほしいって、わたし石渡に言われてるの」

言いながら、よくこんなことが言えるもんだ、と自分で感心した。しかし言葉はよどみなく出てきた。

「困るのよね、ここまでこられると。あなたもわかってるでしょ、石渡に迷惑がかかるの。帰ったら?」

「うるせえなー、なんなんだよ、あんた」

若い女は声を上げて言い、わたしの肩を小突いた。

「迷惑なのよ、帰ってよ」

わたしも負けずに声をはりあげ、片手で女を押す。おそらく異様に高いブーツのせいだろう、それほど力をこめたつもりはないのに女は数歩よろめいて転びかけ、そのこと自体にかっとしたらしく、

「うるせえよ、ばばあ！」

叫ぶように言って目を見開きわたしを突き飛ばした。わたしは尻餅《しりもち》をつき、持っていたビニール袋から銭湯用具が飛び出してあたりに散らばった。石鹸《せっけん》箱やシャンプーが転がり大袈裟《おおげさ》な音をたてる。その音に触発されてわたしは尻餅をついた姿勢でどなった。

「帰れ！　泥棒猫！」

たとえばTVや映画で観《み》たり聞いたりした言葉や言いまわしというのは、それがどんなにくだらない、うそくさいものであっても、こちらの内側に知らず知らずどんどん蓄積されて、こんなふうに何かを演じなければならないとき、自動的に飛び出してくるものなのかもしれないと、そんなことを考えていた。

「ばっかじゃない、なんなの、あんた、あんな親父《おやじ》、わたしが本気で相手にすると思って

んのっ」

若い女は叫んで、厚底ブーツで近くにあったシャンプーを蹴飛《けと》ばした。それは小石のように飛んで1号室のドアに命中し、鈍い音を立てる。廊下の入り口に人影が見えた。石渡だったら困ったことになるととっさに思ったが、廊下に入ってきたのは、銭湯から帰ってきた四十女だった。彼女は、散らばったシャンプーや石鹸やブラシや、尻餅をついたままのわたしや肩で息をしている若い女や、薄暗い廊下で行われている尋常《じんじょう》でない事態にまったく驚かないようすで、わたしたちのわきを通りすぎて自分の部屋に向かった。しかも、通りすぎざま、わたしたち二人に軽く会釈《えしやく》までした。

「親父ならどうだっていいじゃないの、放《ほう》っておいて、もう帰りなさいよ」

四十女が部屋に入ったのを見届けてわたしは言う。

「ばっかみたい、言いつけてやる、ブスが人に命令すんじゃねーよ」

若い女は転がっていた石鹸をわたしに投げつけて、足早に廊下を歩いていった。

散らばったものをビニール袋にまとめてから、蓼科の部屋のドアを開けると、なかに蓼科はいた。ふとんに寝そべって、さきイカを食べながら、TVを見ている。入ってきたわ

たしを見て、

「なんだ、銭湯いってたの、言ってくれれば、一緒にいったのに」

顔をほころばせて言う。この男には、たった今廊下でくりひろげられていた騒ぎが聞こえなかったのだろうか。

「物音聞こえなかった？」

おそるおそる訊いたが、

「えっ、なんの？」

蓼科はＴＶに視線を戻してそう言った。

「4号室の前に女がいた」

ドアを閉めてわたしは言った。

「ああ、よくいるよ」

蓼科は驚いたふうもない。

「よくいるって？　あれ、あの中年の帰りを待ってるんでしょ？」

「見たことなかったっけ」

「はじめて見た、あの中年の相手にしちゃあ若すぎない?」

「あ、今日は若いほうなんだ」

蓼科はふとんスペースに座るわたしにビールをすすめて何気なく言う。

「若くないほうもいるの?」

「いろいろいるからわかんないけど。あ、めし食った? なんか買ってこようか?」

「そんなこと、何も教えてくれなかったじゃない」

思わず声をあげると、蓼科は不気味なものを見るような顔つきでわたしを見上げ、

「なんでそんなこと知りたいの?」

おずおずと訊いた。

「何人くらい見たことあるの?」

「おれもよく知らないよ、月に一度とか二度くらいだよ、数えたことないけど、まあそれくらいの感じで、知らない女が廊下に立ってることがあるんだよ、おれには関係ないからよく見てないけどさ」

それだけ言って、蓼科はふたたびTVに見入った。蓼科は本当に、このアパートの住人

にこれっぽっちも興味を持っていないのだ。１号室から煙が出ていようが何人の女が廊下で中年男を待っていようが、また、廊下で女同士の騒ぎが起きていようが、この部屋のドアの向こうで起きていることはすべて、たとえばＴＶの向こうの戦争難民の暮らしのようにしか思っていないに違いない。

「だってあんた前、四十女と中年ができてるかもしれないって言ってたじゃん」

「そうだっけ」

首をかしげ、

「まあいろいろ出入りが激しいみたいだからあのおばはんとできてても不思議はないって意味じゃないの」

ひとごとのように言った。

ビニール袋からシャンプーや石鹸を取り出した。両方の手首が擦《す》り切れて血がにじんでいた。さっき尻餅をついたとき、こすってしまったらしかった。ひょっとしてわたしが今必死でやったことは、石渡をここから追い出すきっかけにも何もなりはせず、逆に、彼のために面倒なトラブルを一つ処理してやっただけなのかもしれない。蓼科の無関心な態度は、そんなことをわたしに思わせた。

Pのことで何かわかったのか気になって、幾度電話をしても吉元は留守だった。自分の家の留守番電話も聞いて、用件が何も入っていないことを確認してから、学食に戻った。蓼科の向かいには原芳春がいて、少しはなれた席にヤス子がいた。わたしが蓼科の向かいに座ると、ヤス子は笑いかけ、カップラーメンを食べていた原芳春は顔をあげ、どうも、と言った。

「どこに電話してんだよ」

蓼科が訊《き》く。

「どこだっていいじゃん」

「なんだよそれ」

蓼科はからの食器ののったトレイをよけて、テーブルに足をのせる。

「休講だって、つぎの時間。二時まで待つの、たりいよなあ」

「町いって茶、しばく?」

原芳春がわたしに訊く。

「それもたりいよなあ」

さっき買ってきてそのままになっている、A定食の続きをわたしは食べはじめる。三つばかり離れた席に座っていたヤス子は、ちらちらとこちらを見ていたが、席を立ち、わたしの向かい、原芳春の隣におずおずと座った。こんちは、と声をかけると、恥ずかしそうに笑った。蓼科と原芳春はヤス子をまるで無視して、二人で話しはじめる。

A定食はチキンカツとクリームコロッケのセットで、サラダも味噌《みそ》汁《しる》もついて四百二十円だった。今目の前にいる彼らと、なんのつながりもなくなっても、失業しているあいだ学食のランチだけは食べにきたいと思った。

「それ、おいしいの?」

蓼科と原芳春の会話を遮《さえぎ》って、ヤス子が急に原芳春に訊いた。二人は珍しいものを見るような顔でヤス子を見る。

「べつに」

「おいしくないのに、なんで食べてるの?」

ヤス子はふたたび訊く。

「まずいなんて言ってないよ」

「体によくないのよね？　でもそうして食べる人がいるってことはきっとおいしいのよ、ねえ、わたしに一口くれてみて」

わたしも驚いてヤス子を見た。原芳春はカップラーメンをヤス子に差し出す。ヤス子はそれを一口すすり、ふうん、とだけ言って返した。

「食べたことないの、カップラーメン？」

わたしはヤス子に訊いた。

「ええ、うちではそういうものは禁止されていたから。禁止事項のたくさんある家だったの。ラーメン屋さんでラーメンを食べることも禁止だったの」

ヤス子は背筋を伸ばしてしゃべる。

「でも家にいるときは母親が作ってくれたものが決まった時間にでてきたけれど、一人暮らししてると、毎日作るのって本当に大変なのよね、よっぽどそういうものですませてしまおうかと思うんだけれど、体によくないって聞いて育ったから、買うのにずいぶん勇気がいるの。今ごろになって思うわ、母は偉かったなあって。料理、うまかったし、凝ってたから」

「ははん」

蓼科は相槌《あいづち》だかため息だかわからない声をだし、

「でさあ、原さあ、例のGショックどこで見たっつってた？」

ヤス子から顔をそむける。

「のりちゃんはお料理する？　原くんは？　男の子って案外料理好きだったりするのよね。うちの父も趣味は料理だなんて言って、ときどき大量に材料を買いこんできてあやしげなものをつくるの、母もわたしも大迷惑」

ヤス子は、原と蓼科が二人で会話することを断固阻止すると決意したように、声をはりあげて話題に入っていく。ひょっとしたらヤス子はあの、馬のブラウスを買ったのかもしれないとわたしはこっそり思った。

ヤス子がそうして彼らに質問を向けても、蓼科はことごとく彼女を無視し、原芳春はへらへらと笑ってときおりわたしを見た。彼らそれぞれの意図がよくわからないわたしは、食べ終えた食器をもって席を立った。

「何よ、どこいくわけ」

蓼科が訊く。

「帰る」

「待てよ、帰るってどこへ」

「帰るっていうか、いくところがあるから」

「あ、じゃあおれもいく、おれも」

言いながら蓼科は立ち上がってついてきた。

学食をでるとき、ふりむくとヤス子と原芳春は置いてきぼりを食わされた子供のような顔つきでわたしたちを眺めていた。

吉元のアルバイト先へいってようすを見ようと思っていたのだが、蓼科がぴったりとくっついてきて離れようとしないので、予定を変更して大学の前から出ているバスに乗った。

いつかパーティに向かうような女たちで混んでいたバスは、がらがらに空《す》いていた。

「おれあの女なんかすげえむかつくんだよね」

二人がけの席に座って、蓼科は言った。ヤス子のことを言っているらしかった。

「なんちゅうか見るのもいや。なんでだろ。原はわりあい平気なんだよな、なんだかんだ言って。あれってあいつの余裕なのかな、それともあいつそういうの鈍いのかな。おれいらいらしちゃってだめなんだよね、何がむかつくんだろ」

座席に沈みこむようにして座り、蓼科は毒づき続けた。

「似てるからじゃない」

わたしは言った。とくに意味もなく、深く考えずにそう言ったのだが、蓼科は異常なほどその言葉に反応して、身を乗り出し、

「似てる？　おれとあの女が？　どこがよ？　どこが似てんの？　似てるわけねえよ、クラスに一人はいるんだよ、ああいう女、高校のときもいたけどさ、おれ絶対だめなのああいうタイプ、昔からそう、似てるはずないじゃん」

前方の座席に座っていた女がふりむくほどの大声でまくしたてた。

このあいだヤス子と服を見て歩いた町の、駅前から続くアーケードをぶらぶら歩いた。目的は何もなかった。蓼科はわたしの横にぴったりと寄り添っていたが、ふいにわたしの

手を握った。手をつないで歩きながら、蓼科とこうして町を歩くのは、というよりも、あのふとんスペース以外の場所で一緒にいるのははじめてのことだと気づいた。

平日だというのに町は行き交う人でにぎわっていた。わたしと同じようにだれも目的なんかないように見える。このあいだヤス子とともに入ったデパートの前をすぎると、開け放たれた入り口から、列をなした人々とともに生暖かい暖房の風があふれ出ていた。デパートをすぎ角を曲がっても、信号をわたっても、どこもかしこも人で埋め尽くされていた。不必要に人とふれあうことを避けて路地をまがってみたが、そこにもやっぱり人の群れはあった。夏の暑さを瞬時に思い出させるほど日に焼けた男女がファッションビルの前でたむろしていたし、喫茶店の前で中年女が握りしめた小銭を押しつけあっていた。

蓼科が急に立ち止まり、彼に手を握られているわたしは縄をひかれるようにして足を止めた。蓼科の視線の先を追うと洋服屋のディスプレイがあった。

「おまえさあ」

蓼科は言った。

「いつもジーンズじゃん。たまにはこういうの着たら?」

蓼科があごで指し示すショーウィンドウには手足のひょろ長いマネキンが三体、色違いの服を着て立っている。光沢のあるぴったりしたシャツに、マイクロミニのスカート姿だった。石渡の部屋の前に立っていた女が着ていた服とよく似ていた。

蓼科はわたしの手を引いて店のなかに入っていった。客も店員もみんな十代に見えた。

「これはデザインがいいけど襟刳《えりぐり》が広いからおまえには向かないな、これは？　これなんかいいと思うけど。これはほら膝《ひざ》より少し上だから足のラインもきれいに見えると思うんだよな。柄も落ち着いてるし、地味すぎないし」

蓼科は言いながらハンガーにかかっていた一着をわたしに押しつける。それはどう見ても高校生が着るようなAラインのワンピースで、わたしは驚いて蓼科を見る。

「あるいはこのミニ。ちょっと派手な感じするけど、着てみたらそうでもないと思うよ。これに焦茶《こげちゃ》のブーツをあわせればわりと新しい感じになるんじゃないかな、黒じゃだめだけど」

わたしにワンピースを持たせたまま、蓼科はべつの一着を持ってきて鏡の前に突き出す。狭い通路のそこここで、若い女たちが蓼科のように服を広げ、胸にあてて鏡を見、友達同士、あるいは連れの男に意見を求め、笑い、せわしなく視線を動かして次の一着を捜している。

突然マヌカン化した蓼科に唖然《あぜん》としてわたしはそこに突っ立っていた。暖房が息苦しいほど暑かった。何人かがやわらかくわたしの背を押して通路を行き来していく。額がいやな感じに湿りはじめる。

「何言ってんの?」

わたしは言った。

蓼科はせわしなく動かしていた目をわたしに向け、言い訳がましい口調で言う。

「いやジーンズがへんだって言ってんじゃないの。似合うと思うし、うまく着てると思うけど。でもまだ若いんだし、ジーンズ一辺倒っていうのもつまんないだろ?」

わたしは押しつけられた服を蓼科に渡し、店を出た。さっきまで握られていた手が重々しく濡《ぬ》れている。おもての冷えた空気が気持ちよかった。

「おれ買ってやるからさあ。好きなの選んでよ。おれはあのチェックがいいと思うけど」

蓼科はわたしを追いかけてきて言った。

「べつに服なんかいらないよ」

「いるとかいらないじゃなくてさあ、持っててもいいじゃん。気が向いたら着ればいいんだし、買っておいて損はないと思うけど」

蓼科はふたたびわたしの手を握り、早口で言う。まるで場違いにわたしの幸せを祈ってくれようとする宗教の勧誘だった。わたしは汗ばんだ蓼科の手をふりほどき、その場に立ちすくんで声をあげた。

「わたしはね、悪いけど今年二十五になるの、あんな高校生の服を着られる年じゃあないんだよ。それにあんたはわたしのなんなわけ？　服買ってやるって、なんでわたしがあんたに買ってもらわなきゃなんないの、あんたの選んだださい服をなんで着なきゃなんないんだよ」

行き交う人は興味ぶかげなまなざしでこちらを見ていた。往来に立ち声を荒げているわたしはひどくかっこ悪かった。芝居のつもりなら見ず知らずの女に泥棒猫と叫んでも平気だが、本気で叫んでいる自分は情けなかった。しかし自分が何に対して本気なのか自分でもよくわからず、またはたから見たらどこにでもある、芝居じみた痴話《ちわ》喧嘩《げんか》に見えるのだろうとも思った。わたしは気まずくうつむいて歩きはじめた。蓼科は黙って歩調を合わせてついてきた。

歩いてもいく場所が思いつかないのでしかたなく駅を目指した。わたしのかたわらを歩く蓼科はぼそりと、

「年齢のことなんか、気にしなくていいと思うんだ」

思いやりにあふれた声でそう言った。わたしが何も答えずにいると、しばらく黙っていたがときおり思いついたように、

「おまえの年知らなかったけどおれ気にならないし」だの、

「実際、おまえ十代に見えるし」だの、

「ほかのやつにはおれ言わないから」だのと優しい声色《こわいろ》で言うのだった。挙げ句の果てに、

「四捨五入して三十でもあの服はおかしくないと思うよ」

などと、わたしを気遣うように言うので、ふきだしそうになったが、舌を嚙《か》んでこらえた。

秀吉、家康、信長と、廻転《かいてん》寿司屋の持ち帰りセットには三つ種類があって、蓼科は一番高い家康を買った。途中の酒屋で大量にビールも買いこんできた。

ふとんスペースに寿司折りとビールの缶を並べて、蓼科はまたひとつひとつ寿司ねたの名前を言ってから、まぐろを口に運んだ。

「食わないの、寿司」

蓼科が訊《き》き、わたしは寿司を見下ろしていかを食べた。

「今日は、言いたくないことを言わせてごめん」

蓼科はわたしの湯飲みにビールをつぎたし、まぐろを咀嚼《そしやく》しながらそんなことを言った。

「なんだっけ」

訊くと蓼科はうつむき、

「年のこと」と小さな声で答えた。

「でもおれ本当に年とか関係ないと思うんだ。おれ中坊のとき、大学生って大人だなと思ったけど、なってみるとそんなに変わらないし、これっていくつになっても同じ感覚だと思うんだ」

蓼科はつけ放してあるTVもわたしも見ず、自分の手元だけを見てしゃべった。しゃべりながらも寿司を口に入れるので、蓼科の声はところどころでくぐもってよく聞きとれない箇所《かしょ》もあった。

「結局年とかじゃないんだよな、肝心なのはさ、その人の根っこっていうか、まあ魂みたいなものが若いか老いてるかってことだとおれは思うわけね。でもあの大学、あんまりよくないなって思うのは、すげえ狭いじゃん。一年のクラスっていったらみんな十八十九、いってて二十歳だろ？　おれの友達、国立いったんだけど、クラス、すげえ多彩だって言ってたよ。三十代もいるし、白髪のじじいとかもまじってるんだって。うち全然そういうことないでしょ、そのへんがさあ、二流私立の限界っていうかさあ、だからおまえが気にするのわからないでもないんだけどね」

蓼科はどうやらわたしがまだあの大学の学生であると信じているらしかった。六浪か七浪して入ってきた生徒だと思っているらしい。しかしあまりにも彼が年、年とくりかえすので、自分がずいぶん年老いた人間に思えた。いつの間にそんなに年を食ったのかと不安になり、おそるおそる蓼科の話を遮《さえぎ》った。

「あのね、わたしね、あの学校の生徒じゃないの。どこの大学にもいってない、ただの失業者なんだよね。だからあの、自分があんたたちよりずいぶん年上だってことも、それほど気にしてないんだけど。だってほら、なんていうか、あたりまえじゃん？」

蓼科は海松貝《みるがい》を箸《はし》でつかんだまま動きを止めた。醤油《しょうゆ》のにじんだ数つぶのご飯がふとんに落ちる。黄ばんだシーツが茶色くにじむ。

「ごめん。だますつもりはなかったんだけどさあ」

わたしは言った。蓼科は海松貝を口に持っていって、ずいぶん長いあいだ、かみくだいていた。

「でも大学って楽しそうなところだよねえ。それでつい、顔出したりしたんだけどさあ。ほらわたし、高校出てもう六年じゃん？　教室とか、授業とかなつかしくてさあ」

言い訳をするような自分の口調に気づいて口を閉ざした。蓼科はまだ口の中のものをかみ続けている。海松貝を飲みこんで次に蓼科が口を開くとき、出ていけと言うのだろうと思った。同級生でも、ましてあの学校の学生でもないと言ってしまったことで、決定的にわたしたちの関係はかわるだろうと思いかけ、わたしたちの関係とは何かと自分に訊いた。

ひとつの部屋に入る鍵《かぎ》をともに持ち、そこだけ何もないふとんの上で食事をし、感情が伴うとはいえない性交をくりかえし、これがどんな関係だというのだろう。

蓼科は海松貝を飲みこんでビールをすすり、顔をあげ、言った。

「あのさ、学歴とかだって、どうでもいいと思うんだよね」

驚いて蓼科の顔を見たが、彼は寿司折りに目を落とし、次に食べるものを選んでいる。

「おれは年も、学歴も、どうだっていいの、そんなの、くだらないと思うよ。そんなこと全然気にする必要ないと思うけどね。おれとおまえが会った、そんで今、こうやって同じ部屋で寿司を食ってる、それでいいじゃん、問題なし」

そう言ってはじめてわたしの顔を見、笑いかけた。蓼科がヤス子にいらつくのは似ているからだとわたしは深く考えずに言ったが、たしかに彼らは似ている。彼らはそれぞれ透明のバリアを作り上げ、そこから一歩も出ようとはしないのだ。

「そんなちまちましたこと考えるのやめなよ。若くなくたって若い服着ていいんだし、学生じゃなくたって授業うけていいんだよ。でもそう考えるとさ、なんかすげえな、すげえ偶然だな。あの学校の学生じゃないおまえと、学校と家を往復するだけのおれがさ、出会って一緒に住んでるんだもん。おれ昔からずっと考えてたの、高校のとき彼女いたんだけど、結局人って選択権ありそうでないよなあって。すごい狭い世界で選ぶわけでしょ、学校のなかから、サークルのなかから、職場のなかから、そんななかから決めるのなんて、選択権ないのと同じじゃん。でも世の中捨てたもんじゃないな、こんな偶然もあるわけだから」

偶然ではないのだ、吉元という男をここに住まわすためにあんたのあとをつけたのだ、そこまで説明したい衝動にかられた。あんたがさっさとここを出ていってくれれば何も問題はなかったのだと、そう説明すれば彼は傷つくだろうか。傷ついた蓼科の、痛いのだという生の声をわたしは聞きたかった。しかし結局すべての言葉を飲みこんだのは、おそらく何をどんなふうに説明しても蓼科を傷つけることがわたしにはできず、驚かせることすらできないと続けて悟ったからだった。

わたしは何も言わず黙々と寿司を食べた。一番安い秀吉より、高価な家康のねたはさすがに豪華だった。高そうなねたばかり選んで口に放りこんだ。蓼科のバリアが破けるような、彼の生の声が聞けないのなら、何も言いたくなかった。蓼科はしばらく、二流私立大学の偏狭さや限界について、一人いきまいてしゃべっていたが、わたしが何も答えないので、口をつぐみ熱心に寿司を食べはじめる。

「ちょっと電話貸して」

寿司を食べ終わり、そう断って自分の家の留守番電話を聞いた。用件は二件入っていた。一件はヤス子からで、二件目は吉元だった。Pは三日か四日に一度、コンビニか風呂にいくくらいしか部屋をでないのでよくわからないけど、あやしい新興宗教説はかなり的を射ていると思うよ、というのはさ、部屋に閉じこもってやつはずっとお祈りしてるんだ、たぶんね、たぶんだけど、そこまで吉元がしゃべったところで録音時間が切れた。続きはなかった。吉元の家に電話をかけてみたが、やっぱり留守だった。

「ちょっとごめん、わたし帰るわ」

そう言って立ち上がると、蓼科は素《す》っ頓狂《とんきょう》な声をあげた。

「何？　帰るってなんで？　遅いよ、もう」

「ごめん、用事あるからさ」

「何よ用って」

「言うほどのことでもないんだけど。お寿司ごちそうさま」

　ふとんスペースを出て、靴をはきながら人の気配にふりむくと、蓼科は箸を握りしめて背後に立ち、妙に赤らんだ顔で私を見ている。

「み、水くさいじゃんそういうのって。なんか隠しごとされてるみたいで、いい気持ちしないけどなっ」

　蓼科が顔を赤くしているのはビールのせいではなく怒っているかららしかったが、なぜ彼が急に怒りだしたのかわたしには理解できない。

「たっ、たしかにさ、年とか学生じゃないこととか、黙ってたの、おれそれは許すよ、許す。でも何よ、用があるってどういうことよ、どんな用かって訊いてんのおれは。いい気持ちしないよ、そうやって、なんでもかんでも隠されてたらさあ。おれっていったいなんなのよ?」

　蓼科の声は次第に熱を帯び、最後のほうは廊下じゅう、1号室まで届くような大声で叫びはじめた。蓼科の握りしめていた箸は乾いた音をたてて掌《てのひら》のなかで折れた。仁王立ちになっている蓼科の背後に、彼がさんざん散らかしたままかたづけようともしない部屋が見えた。段ボールやごみ屑《くず》や汚れた衣類や、教科書やスニーカーやスポーツ新聞、ただ積み上げられている部屋じゅうのものは、わたしが最初にここへきたときより五センチほど盛り上がっている気がする。畳を覆い隠し部屋の床を浮き上がらせているすべてのものが、蓼科の背後で、こそこそと音のない声でわたしに話しかけているみたいに思えた。

「おれっていったいなんなのよ」

わたしは蓼科のせりふをくりかえした。蓼科はわたしを見ている。トレーナーの襟《えり》に米粒がはりついている。あごのあたりに剃《そ》り残したひげが数本生えている。右目に目やにがこびりついている。そして彼の部屋を満たす、重ねられ、放置され、存在すら忘れられた、ごみ同然の無数のがらくたは、そこに立つ蓼科より無防備で、言葉を知らず、ただ蓼科の抜け殻のようにそこここに散らばり、息をひそめ、言葉にならない声を絶えず出しながら私をじっと見ている。蓼科と、その奥に続く部屋を眺めているうち、わたしはふいに思いきり顔をゆがめて泣いてしまいたくなった。

「おれっていったいなんなのよ?」

わたしは泣かずにくりかえした。

「部屋に帰って、シャワー浴びて、ここしばらく連絡のとれない友達からさっき留守電が入ってたから、冷蔵庫のなかの腐ったもの捨てながら連絡を待つんだよ。それが用事。ねえ、おれってなんなの？　わたしが訊きたいよ。あんたはわたしにどうしてもらいたいわけ？」

蓼科は何も答えず、じっと、真剣すぎてどこかこっけいな表情でわたしを見据えている。それから泣きだしたかったわたしの肩代わりをしたみたいに、顔をゆがめた。

「おれふつうにしたいんだよ」

スニーカーの靴紐《くつひも》を結んでいるわたしの背後で蓼科は言った。

「ちゃんとしたいんだよ。ちゃんとした恋人みたいにしてほしいんだよ」

わたしはドアノブに手をかけた。

「そうしたいんだよ」

うめくように蓼科は言った。わたしは部屋を出た。蓼科が追ってくるような気がしたが、ドアは閉ざされたままだった。

この時間、住人たちはいったい何をしているのだろうか。廊下はひんやりと静かだ。まるで空っぽの部屋を六つ抱えこんでいるように。六つに区切られた場所に姿のない幽霊を住まわせているみたいに。

日曜日の繁華街は人でごったがえしていた。急いで歩くせいで幾度も人にぶつかった。けれど町を歩く人々はみんなほかのことに夢中になっていて——恋人同士はたがいに見つめあってひっきりなしに言葉を交わし、一人で歩く人はヘッドホンの音楽を聴き、グループ連れは連なるショーウィンドウに目を走らせていた——、だれもわたしを気にする人はいなかった。

吉元のアルバイト先はファッションビルの最上階にあるCD屋で、そこを目指してエスカレーターを駆け上がった。CD屋はものすごい音量でパンク・ロックを流していた。陳列棚の合間を行き来する人々に視線を泳がせ、吉元の姿を捜す。店員はみんなそろいの、紺のエプロンをしているが、エプロン姿は知らない顔ばかりで、フロアにも、レジにも、吉元の姿はない。アップテンポの曲につられて、次第にわたしは焦りはじめる。

「あの、バイトの吉元さんいますか?」

洋楽の棚の前でしゃがみこみ、紙に何か書きつけている若い女にわたしは訊《き》いた。

「あー吉元くん」

女はわたしの顔を見て、寝ぼけたような声を出す。

「今日は休み、昨日はいたんだけど」

大学通りを足早に進み、豆腐屋の角を曲がって、幾度もきたせいで自分のアパートに帰る錯覚《さっかく》を抱きながら菊葉荘を目指した。吉元と連絡がとれなくなってどのくらいだろう。Pについて報告する電話をよこして以来彼からの連絡はなく、いつ電話しても吉元の留守番電話が答えた。心配しているわけではなかったが、共通の友達や、幾度か会ったことのある吉元の友人たちに電話をかけてみた。そのうちの何人かは、さっきのCD屋の女と同じようなせりふを口にした。先週泊まりにきたけど。おとといまでうちにいたよ。めし作ってくれた、スパゲティ。吉元はまるで尾を切って逃げるとかげのようにわたしの前から姿を消していた。

菊葉荘に足を踏みいれる前に、以前わたしがそこで住人が出てくるのを待った駐車場のあたりを捜してみたが、吉元の姿はない。Pが三日か四日に一度外出するのを、彼はどこから見ていたのだろう。

菊葉荘の入り口から差しこむ、長方形の金色の光が、木造の廊下に無数の人の足跡を浮かび上がらせている。それを縫《ぬ》うようにして歩き、1号室の前に立って、思いきりドアをたたいた。返事はない。ドアに耳を押しつけると、いつか聞いたことのある、箸《はし》で金属をたたくような音がかすかに聞こえる。こぶしを握りドアをたたく。たたき続ける。勢いよくたたきすぎて、掌《てのひら》が鈍く痛む。

「いるんでしょ、開けてください、開けてったら」

返答が何もないことにいらだってわたしは声をはりあげる。握っていた手を開いてたたき、ドアノブをむやみにまわし、開けてくださいと叫び続けた。わたしがたたき続けるドアも、そのほかのドアも、ぴたりと閉ざされているせいで、どの部屋に住人がいるのかまったくわからない。もしわたしが1号室のドアをたたき壊しても、火を放っても、きっとどのドアも開けられることはないのだろう。

どのくらいドアをたたき続けていたのか、チェーンを外す音が聞こえ、ドアが細く開いた。以前と同じ、三センチほどの隙間《すきま》の向こうに、男が立っている。隙間の向こうで男は、あれほど騒がれたのに迷惑そうな顔をするでもなく、何か文句を言うでもなく、ぼんやりと無表情で立っている。あいかわらずTシャツと短パン姿だった。

「あの、吉元って人知りませんか、背はわたしより少し高いくらいで、色白の、痩《や》せた男なんだけど」

男は何も言わない。ぬいぐるみに埋めこまれたボタンの目で、わたしの足元を見ている。

「そういう人、見ませんでしたか、あるいは声とか、かけられませんでしたか」

男はわたしを見ない。この男が吉元を知っているはずがないと急に確信を抱くが、彼が何も言わないのでわたしは意地になる。あるいは、奇妙な好奇心をかきたてられる。

「どっかでかけたとき、見かけませんでしたか。捜してるんです。急用なんです」

「知りません」

男は小さい声で言った。蚊の鳴くような声だった。それだけ言って、ドアを閉めようとする。自分でも驚くほどの素早さで、わたしは男がドアを閉めるのを遮《さえぎ》った。三センチの隙間に靴の先端を差しこみ、両手でドアの縁《へり》をつかんでひっぱった。男もドアノブをものすごい勢いでひく。わたしたちはしばらくのあいだ、ドア一枚を内と外とでひっぱりあった。無表情だった男の眉間《みけん》に数本しわがよる。男はドアを開けさせまいと必死だったがわたしも必死だった。これほどまでにドアの内側を隠そうとしているのだ、何かあるに違いなかった。吉元についても何か知っているにちがいないように思えてきた。

わたしたちはしばらく、接吻《せっぷん》でも交わせるほど近づいてドアをひっぱりあっていたが、結局わたしが勝った。差しこんでいた足が有利だった。ドアは思いきり開き、ノブに引きずられる格好で男は裸足《はだし》のまま廊下に飛び出してきた。

わたしの前に見たことのない1号室が開けていた。想像していた図とはあまりにかけ離れていて、わたしは我を失った。吉元のことも完璧《かんぺき》に忘れ去っていた。

「なんなんだよあんたは!」

背後から飛んできた素《す》っ頓狂《とんきょう》な男の声でようやく我に返った。わたしはゆっくりとふりむいて、そこに立つ男に焦点を合わせた。

「なんなんだよあんたは! いき、いき、いきなりドアをひ、ひっぺがすように開けて、なん、なん、なんなんだよ! なんだっていうんだよ! こわ、こわ、壊れたらどうすんだドアが! どっ、どっ、どっ、どうすんだって訊いてんだよっ!」

男はボタン大の目を見開き、顔を赤くし、肩で大きく呼吸をし、唾《つば》をまき散らしながら異様な大声で続けざまに言った。目の前でどなられていながらあまり現実味が感じられず、従って恐怖を感じないですんだのは、男の声が滑稽《こっけい》なほど甲高《かんだか》いのと、彼がわたしの目を見ず、足元を見てどなり散らしているせいだった。しかも男は裸足だった。

「いったいなんなんだよ！　人、人、人の部屋の、ど、ど、ドアを、あ、あんなにひっぱっちゃ、こっ、壊れちまうって言ってんだよ！　なん、なん、なんだっていうんだ、しん、しん、新聞とか、せ、生命保険なら、まにまに間に合ってるんだよ！　だ、だいたい、あんただれ、だれ、だれだ！　め、め、名刺、名刺、名刺よこせ！　く、く、苦情の電話するから、め、め、名刺よこせ！　名刺、よこせって言ってんだよ！　早く！　早く！　め、名刺！　名刺！」

男はわたしの足元を見たままどなり続け、口の端から白い泡をふき、そのまま倒れてしまうのではないかと思ったが、倒れず、名刺、名刺と叫びながら、わたしを押しのけて部屋に入り、思いきりドアを閉めた。も、も、もう二度とくんな！　ドアの向こうからそう叫ぶ声が聞こえ、続いて、げぼげぼげぼと続けざまに咳《せ》きこむ音が聞こえてきた。

わたしはその場に突っ立ったまま、たった今閉ざされたドアを見るともなく見ていた。ドアをたたき続けた掌《て》がまだ痛んだ。

Ｐの部屋のドアを開けてまず目に入ったのは、あちこちに飛び散った色彩だった。壁という壁は、原色の色づかいのポスターで埋め尽くされ、その上に、人形や、レースや、クリスマスツリーの飾りのような電飾や、虫や蝶《ちょう》の死骸《しがい》めいたものが無数にピンでとめられていた。台所の床、それに続く和室の床には、どぎつい赤や黄色の布地が幾重にも敷き詰められていた。それだけなら少なくとも目を見張る程度ですむ。飾り物や色彩が多いだけで、蓼科の部屋よりはかたづいていたし、ある意味で整然とはしていた。

もっとも異様だったのが部屋の奥、窓をふさぐようにばかでかい祭壇があることだった。たぶん祭壇なのだろうと思うが、そうと言い切れないのは、なんのための祭壇なのかがまったくわからないからだ。

金や銀や紫の布のかかった壇があり、その壇に、十字架に磔《はりつけ》になった苦難の表情のイエスやら、赤ん坊を抱いたマリアやら、巨大なガネーシャやら、黄金の仏像、木彫りの面、藁《わら》人形、そんなものが雑然と置かれ、プラスチックの小さな食器や、黒いテディベアや、赤ん坊の靴や、造花といった、細々《こまごま》したものがそれらの合間を埋めていて、それらを覆い隠すように香が薄く煙をたなびかせていた。窓が隠されているため部屋のなかは薄暗く、部屋の中央が浮かび上がるように、紫色の電灯がぼんやりついていた。

しばらくそこに立ち尽くしていたが、わたしは向きをかえ、向かいの2号室のドアノブをまわしてなかに入った。ひどく取り乱しているのが自分でもわかった。決して見てはいけないものを見てしまった気分だった。

相変わらず鍵《かぎ》のしまっていない無人の部屋の玄関先でわたしはしゃがみこみ、呼吸を整えなければならなかった。そんなに動揺することじゃない、自分に言い聞かせた。あそこは見知らぬ男の部屋なのだし、あの男が何に祈りをささげていようが何を飾り立てようがわたしにはまったく関係がないじゃないか。くりかえしそう思っても、不思議なくらいわたしの足は震えていた。

このアパートの、六つのドアの向こうで、いったいどんな生活がくりかえされているのか。六つに仕分けされた小さな世界が、どんなふうにまわっているのか。そんな疑問を持ちはじめると、よく知っているはずの蓼科の部屋も不気味なものに感じられる。ふとんの長方形以外、勝手に繁殖を続けるようながらくたに囲まれて、学歴と年齢に恥じ入る〝どこにもいない女〟を恋人にして、その女に怒ったり鍵を渡したり、帰ってくるのを待ったりしている大学生は、わたしの知っている男ではない。

足の震えがようやくおさまり、立ち上がって部屋を見まわした。部屋じゅうに積み上げられていたオーディオ類は、何もなかった。何もない、その部屋ががらんどうの空き部屋であることを理解するのに、しばらく時間がかかった。

目の前にあるのは部分部分色の違う畳だけだった。日に焼けて変色した畳と、まだ青いそれがつなぎ合わさっているだけだった。

「どのようなお部屋をお捜し?」

駅前のタカラ不動産のカウンター越しに、太った初老の女はまとわりつくような視線を投げてそう訊《き》いた。

「あの、大学通りに、古いアパートありますよね、木造の。あそこに住みたいんですけど」

わたしは言った。

「大学通りの木造っていうとー」

女は視線を宙に泳がせてしばらく考え、壁にかかっているホワイトボードを見、「吉崎ハウス?」と訊いた。

「違います、菊葉荘ってところなんですけど」

「あーあー、菊葉荘ね。ちょーっと待ってくださる」

パネルで仕切ってある奥の部屋へ女はいき、なかなか出てこなかった。背の高いがっしりした男がすれ違いに出てきて、わたしに茶をすすめる。体つきのわりに男の態度はおどおどしていて、茶をすすめながら、あは、あは、と意味不明に笑い、すぐ奥へひっこんだ。

「息子なのー」

語尾を伸ばしながら女が出てきて、わたしの前に腰をおろす。ぶあつい眼鏡《めがね》をかけて、台帳をめくる。

「まあーったくねえ、しっかりしなくて困っちゃう。三十五よ、あれで。ええとなんだったかしら、吉崎ハウス」

「菊葉荘です」

「あーあー菊葉ね」

女は親指をなめてページをめくっていたが、手を止め、

「あちゃー、埋まっちゃってるわねー。なあにー？　あそこに住みたいって、通りかかったわけえ？　物好きよねえ、最近の若いかたはねー。これなんかどうお？　吉崎ハウス。いいわよーここ」

女は顔をあげ、開いた台帳のページをテーブルに広げた。コピーにコピーを重ねたような不鮮明な間取り図が書かれている。

「いいえあの、わたし菊葉荘に住みたいんです。あそこ一部屋空《あ》いてると思うんですけど」

「えぇー？」

女は眼鏡の縁をいじりながらわたしを見る。今までわたしのしてきたすべてのこと、蓼科の部屋に入りびたったり四十女のパンツを盗んだことを、すべて見透《みす》かされているような、落ち着かない気分になる。

「あの、あのアパートに友達が住んでて、一部屋空いたらしいって聞いたものだから」

「いいえー、空いてないわねー」

女はふたたび台帳に視線を落とす。

「なんていったかしらあの、ほら、タクシーの運転手の、ああ小松さん、小松さんは先月更新したばっかりだしねー。でもねーここもいいのよ、吉崎ハウス。ねえまーくん、吉崎さんに電話してみてよ、まーくーん」

「あ、いいんです、どうしても菊葉荘がいいんです、だからあの、また改めてきます」

あわてて言って店を出た。いいのよー、吉崎ハウスー、とまのびした女の声が追いかけてきた。

電車は空《す》いていた。わたしは座席にもたれかかり、窓の外、流れるように遠ざかるホームを見ていた。前の座席の隅のほうに、ミニスカートをはいた若い女が座っていた。女はコンパクトを取りだして化粧をなおしている。女の前にはスーツを着た男がいて、座席に浅く座り、足を開いて熱心に化粧をなおしている女のスカートの中身をのぞいていた。反対側の隅の席では、地蔵のように小さい老婆が草履《ぞうり》を脱ぎ、座席に横たわって眠っている。

乗客はそれだけだった。

窓の外に流れていく、低く連なる屋根を見つめて、これからやらなければならないことを考える。吉元を捜し、あの空き部屋の真相を確かめなければならない。銀行にいって残高を調べなくてはならない。あの空き部屋をなんとかして借りなくてはならない。タカラ不動産の母子はあてにならないから大家に直接確かめたほうがいいのかもしれない。帰ったら留守番電話をチェックしなくてはならない。それより次回のハローワークの面接の日時を確かめなくてはならない。

やらなければならないことは次々に思い浮かぶが、そのひとつひとつに脈絡《みゃくらく》がなさすぎ、まるで巨大な岩を目の前にして、錐《きり》を片手に、トンネルを掘り起こそうとしている気分になる。

ミニスカートの女は化粧なおしがすんで眠ってしまった。スーツ男は腕組みをして身動きせずに、スカートの中身を凝視し続けている。老婆は電車が大きく揺れた拍子に座席から転がり落ちたが、ベッドに戻るように座席に戻りまた横たわって眠る。おれふつうにしたいんだよ。ふと、蓼科の声が、耳の奥でつぶやく。

吉元の部屋のドアを幾度ノックしても、返事はなかった。私は息を殺してドアに耳をはりつける。なんの音もしない。吉元は居留守は使わない。気分が沈んでいてもアルバイトを無断で休んでも、部屋にいれば電話に出るし、新聞勧誘だとわかっていてもドアを開ける。出ないとなるといないのだ。ここにはいないのだ。ではどこにいる？

小学校のチャイムが突然鳴り響く。隣の犬がほぼ同時に吠《ほ》えはじめる。日曜日だから校庭に走り出てくる子供の声は聞こえない。チャイムが鳴り終わるとあたりは静まりかえり、吉元の部屋のドアもひっそりと閉ざされている。

面接にいく日だった。

仕事内容は清掃で、登録しておいて暇なときに電話をかければ仕事先を紹介されるというシステムの会社だった。引っ越し直後の家の清掃が主な仕事だと電話では聞かされていた。ワンルームの場合もあるし、一軒家のときもある。住まいの大きさに応じて社員とともにグループを組み掃除をする。スタッフが全員女なので仕事が細かくていねいなことがセールスポイントで、働きがよければ社員への道も開けると、電話に出た女は言っていた。

指定された時間は午後二時だった。何を着ていくか、午前中から悩まなければならなかった。ジーンズでは気軽すぎるし、スカートだと上に何を合わせればいいのかわからなかった。結局、ただ一着持っているスーツをひっぱりだして着た。スーツでは大袈裟《おおげさ》すぎる気がしたが、やる気があると思われて雇ってもらえるかもしれないと思った。

空いている座席に座り、隣の男が読んでいる週刊誌をぼんやりと盗み読みする。以前ビル清掃のアルバイトをしたことがあったから、清掃会社でどんなことをやるのかなんとなくわかった。与えられた制服を着て、ほかの女たちとともに掃除道具を積みこんだバンに乗り、人のいなくなった、しかしついさっきまで人のいた気配が濃厚に残る空き家に向かい、女たちと天気や物価のことについて言葉を交わしながら、黄ばんだ壁紙をとりかえ、埃《ほこり》だらけの床を磨く。ともに働く女たちはたぶんとても親切だろう。年の近い、ミュージシャンや絵描《えか》きを目指すフリーターの友達ができて、風変わりな社員やボスについて悪口を言い合えるかもしれない。

そんなことを考えていると、アルバイトをはじめたのちの自分の生活まで思い描けた。五時か六時には仕事を終え、へとへとになって帰路を歩き、スーパーで出来合いの惣菜《そうざい》を買って、八時には部屋でビールを飲んでいる。目覚ましを六時にセットしてその日のうちにベッドにもぐりこみ、隣の部屋の女が電話で話すぼそぼそした声を聞きながら眠りにつく。毎日はそうしてすぎていくだろう。

部屋はあっという間に散らかって、よそよそしいと思うこともなくなり、扉を開けたときのにおいのことなど思い出しもしないだろう。蓼科のこともヤス子のことも忘れ、まして、フリルまみれの服を着た四十女やふじこちゃんに恋する小松、女のたえない中年男や祭壇とともに暮らすPのことなど、小学校の校歌ほどにも思い出さない。映画を観《み》るのも友達と酒を飲むのも、なんとかして時間を見つけなければならなくなる。それでも、わたしは圧倒的に暇だろう。目の前をふさぐ巨大な穴に、錐で傷のひとつもつけることができないだろう。

駅名を告げるアナウンスが響き、わたしは立ち上がる。腕時計は一時二十七分を指している。電車がホームにすべりこみ、わたしだけをおろしてまた走り去っていく。幾度も通り抜けた改札を抜け、そして吉元の家を目指す。

ドアをノックしても返答はない。いないとわかっていても声を出して彼の名を呼ぶ。吉元、吉元、吉元、吉元。わたしの声の調子があがってくると、隣の犬が答えるように吠《ほ》えはじめる。吉元、と口にするたびオウン、と犬が吠えるので、なんだかばかばかしくなって、通路の柵《さく》から身を乗りだして犬を見下ろしたとき、こちらを見上げる背のまるい、小さな老婆と目があった。

「吉元さん?」

ぶあついはんてんを着こんで、その上からショールを羽織った老婆は、不思議そうにわたしを見ている。老婆の背後の垣根の向こうで、犬もわたしを見上げている。

「連絡がとれないんで、きてみたんです」

わたしは言った。

「吉元さんのお友達?」

どうやら老婆は階下に住む大家らしい。

「身内のものです」

うそをついた。

「連絡がつかないの?」

わたしを見上げる老婆はしなびたみかんのように見える。

「ええずっと。それで心配になってきてみたんです」

「あらあ、連絡が？」

「立《た》ち退《の》きになったとか、そういうことはないですよね？」

「はあ？」

老婆は耳に手をあてる。

「ここ、追い出されてないですよね？」

「まあ、追い出すわけないでしょう、こっちだって商売なんだから」

老婆は吐き捨てるように言い、

「で、なんだっけ？　吉元さん」

声をはりあげる。

「ずっと連絡がつかないんですよ、困るし、心配だし」

「連絡が、ねえ」

つぶやきながら老婆は一階へ消えていく。ぼけているのかもしれない。もう一度吉元のドアと向き合い、どうしたものかと思っていると老婆が階段を上がってきた。彼女はのそのそした足取りでわたしに近づき、銀色の鍵《かぎ》を差し出した。

「開けてみてよ。最近いろいろあるでしょ。ひょっとしたらなかで縛られて転がされてるかもしれない」

老婆はわたしに体を近づけ、ひそひそ声で言う。湿布薬のにおいがきつく漂った。

「いいんですか、開けても」

「だっていやじゃない、死んでたら」

老婆はわたしの腕をつかんで言う。

「あんた、開けてみてよ。身内でしょ？」

受け取った鍵を見つめ、鍵穴に差しこんだ。ドアを開く。見慣れた部屋があらわれる。けれど知らない人の部屋のように感じるのは、カーテンが閉ざされ、部屋のなかがずいぶんかたづけられているからだ。老婆は少し離れた場所でわたしを見ている。なかへ入って調べてこいと、目で合図を送る。靴を脱ぎ、部屋に上がる。ひんやりした床が足にはりつく。風呂場とトイレのドアを開け、押し入れを開け、カーテンを引いてベランダを見る。

「どうだった、死んでる？」

玄関から半分顔をのぞかせ、まるでそうなることを期待しているかのように老婆は訊《き》く。

「いえ、どこにもいません」

部屋の真ん中に突っ立ってわたしはつぶやいた。

「そう、じゃあさ、あんた帰るとき、下に鍵返しにきてよね」

事件がなくて落胆したような声をだし、老婆は階段をおりていく。

机の上においてある紙切れに目をとめる。近づいて手にとると、それはわたしがいつか書いた、菊葉荘のメモである。1号室にP、2号室にはてな、3号室に小松、4号室に石渡、5号室に蓼科、6号室に四十女。この画用紙に向き合ってあれこれ言いながら書きこんだ、意味のないメモ、まる印やばつ印、ひとりごとおやじだとかへんな服だとか、そんな文字を指でなぞる。そうしてふと気づいた。わたしがそうしたように、吉元もこの部屋から逃げ出したのではないか。だれかに侵入されたような異物感を感じ、何かが減ったり増えたりしていないか調べ、部屋じゅうをかたづけて、それでも落ち着かず、臆病《おくびょう》なとかげみたいにあちこち泊まり歩いているのではないか。

メモを机に戻し、カーテンを閉めきった薄暗い部屋のあちこちをわたしは眺めて歩いた。どこもかしこも吉元のにおいがしみついていた。床に積まれた雑誌の山にも、部屋の隅にたたんである衣類にも、押し入れのなかのふとんにも。高校生のとき、はじめて吉元の部屋に泊まったとき嗅《か》いだものと、まったく同じにおいだった。

この嗅ぎなれないにおいを吸いこんで、しあわせであるような気分を味わったことを思い出す。たぶんあれはしあわせということではなかったのだろうと、わたしは思う。しあわせではなくてではなんなのか、あの感情をあらわす言葉を、わたしはまだ知らないでいる。

天袋を開けて、そこに押しこまれているつぶれた段ボールを取り出して組み立てる。手近なものを、雑誌も本も、洗濯されたばかりのタオルも衣類も、手当たり次第ぶちこんでいく。段ボールがいっぱいになってしまうと、そのまま運べそうなものをその上にのせていく。座ぶとんもレコードも積み重ねる。押し入れをひっかきまわしてカートを見つけ出し、段ボールとその上の荷物をのせ、まだ余裕がありそうだったので、トースターと枕《まくら》をのせ、ビニール紐《ひも》でくくりつける。銀色のカートいっぱいに荷物を積んでも部屋のなかはあまりかわらない。ただ床に出されていたものがなくなって、かすかに部屋が広くなった気がするだけだ。吉元のにおいも相変わらず色濃く漂っている。

何度でも往復してやる。この部屋がすっからかんになるまで、吉元のこのにおいがまったく感じられなくなるまで、この小さなカートを引きずって何往復でもする。中途半端な荷物をのせたカートをひいて部屋を出、鍵を閉めた。

むき出しのトースターやら枕やらをカートに括《くく》り付けて運ぶスーツ姿のわたしに、道ゆく人はみな一瞥《いちべつ》をくれた。積み重ねられた荷物をじっくりと見て、それからわたしを見て、それらが自分をおびやかすものでないことを確認してそれぞれ自分の世界に戻っていった。

カートを抱えあげて駅の階段を上り下りしていると、冬だというのに汗が流れてあごからしたたり落ちた。幾度か荷物がずれて落ちそうになり、その場にしゃがみこんでビニール紐をきつく結びなおさなければならなかった。カートの車輪が溝にはまり、手をひかれて転びかけたのも一度や二度ではなかった。どこでひっかけたのかストッキングは派手に伝線《でんせん》している。スーツは乱れ、ストッキングは破れ、汗まみれで、むき出しの家財道具を運ぶわたしに集まる視線は、数十分前より増えている。いらいらした。わたしが運びたいのはレコードでもトースターでもなく、吉元の部屋に充満する、彼独特のあのにおいだけなのかもしれなかった。

普通にいけば四十分でたどりつく菊葉荘に、一時間半もかけて到着した。廊下にはひとけがない。だれがいて、だれがいないのかまったくわからない。ひょっとしたらこの平日の昼間、全員が部屋にいるのかもしれない。区分けされた小さな、閉ざされた空間で、それぞれの奇妙な生活をくりかえしているのかもしれない。わたしたちが自分の部屋に追い出されて、こうして影みたいにうろついているように。

わたしの引くカートは耳ざわりな音をたてて廊下を進む。2号室のドアを思いきり開く。色違いの畳が組み合わされた、質素な空間が目の前に広がる。玄関に突っ立ったまま、わたしは大きく息を吸いこむ。だれのにおいもしない。どんなにおいもしない。

カートをたぐりよせ、人に踏まれることに慣れていないような畳に、わたしは足を踏みいれる。ひんやりした畳は、わたしを拒絶するように、あるいは長いこと待ちわびていたように、みしみしと小さな音をたてる。

解説／「私は私の世界を所有しているわけじゃない」

池田雄一

空にある星というのは、みな太陽の光を反射して輝いていると思っている人が自分のまわりには意外と多いことがわかり仰天したことがある。そこでもしやと思い、著者に「星には二種類あって、ひとつは惑星といって、太陽の光を反射しながら輝いているやつで、もうひとつは恒星といって自分で太陽のように爆発しながら光っている。空にある大多数の星は恒星なのだが、そのことをあんたは知っていたか」とたずねたことがあった。案の定、著者からは「なんでそんな抽象的で訳のわからない話をするのか、この宇宙おたくめ」というようなコメントだけがかえってきた。

角田《かくた》光代《みつよ》の文章が持つ独特の浮遊感、こういってよければ幽体離脱的な感覚をともなった文章の秘密は、どうもこのことと関係がありそうである。たとえば彼女の作品を読んでいると、一人称小説の場合でも、主人公と語り手が解離しているような印象、こいつ（語り手）がほんとうにあいつ（主人公）なのか、という違和感がつねにある。時にはそれは、主人公の「行為」と語り手の「描写」のギャップとして現れることがある。

座るわたしの目の前で、吊革《つりかわ》につかまった男たちや女たちは斜めになりながら新聞や雑誌を片手で持って読み、電車が揺れるたびにわたしのほうにのしかかってきた。いろんなにおいがした。香水の、納豆の、化粧品の、足の裏のにおいがした。

（本文24ページ）

このような何気ない描写ひとつとっても、こいつ（わたし）はほんとうにあいつ（わたし）なのかという感覚がつねに読者にはつきまとう。しかしそれは技術的な問題というよりも、語り手の過激な無関心、すなわち「あいつ」がどうなろうと知ったことではない、というような骨っぽい無関心に起因しているように思われる。

あるいはこの小説のテーマが、このような解離の感覚それ自身だということができるかもしれない。本作品における話の展開は次のようなものだ。主人公の恋人、というかつきあいの長い友人のようでもある「吉元《よしもと》」は引っ越しを考えている。彼の気に入った「菊葉《きくは》荘《そう》」のひと部屋を借りることができるようにするため、主人公はそこの住人にたいして「追い出し工作」を開始する。そして大学の飲み会にまぎれて知りあった、住人の一人である「蓼科《たてしな》」と同居をはじめる、というより同居を装い潜入することになる。しかし追い出し工作といっても、当然のことながら何をするわけでもなくせいぜい別の住人の下着を盗んだりするだけで、あとは蓼科といっしょに寿司を食ったり在籍してもいない大学に行ったりと普通の大学生のカップルと何も変わらない日常をだらだらと続けていくことになる……。

このようにみていくと、文章における語り手と主人公の解離の問題が、そのまま物語における（駄目）工作員である「わたし」と、蓼科と同居生活をしている偽学生の「わたし」とのズレの問題にシフトしていることがわかる。たとえば「わたし」と蓼科との性交シーン（未遂）では、「わたし」は自分の快感、不快感等には無関心で、ただひたすらアパートの住人の様子を気にかけているだけである。そこでは「わたし」自身の身体性に対する無関心ぶりは、蓼科の「労働」ぶりと対照的に描かれている。

しかし、わたしとわたしの経験との解離、ひとことでいえば現実感の喪失《そうしつ》になやむ主人公、というような実存的な主題をさぐろうとすることは、角田光代の小説にたいする大罪のひとつである。それだけではない。作品に「表現者」の意図を汲《く》みとろうとすること、作品を「知的に」読んでいくこと、著者を「芸術家」として、あるいは「職人」として称賛すること、どれもこれも角田氏の作品を読んでいくにあたっては大罪のように思われてならない。それは何故《なぜ》か。

＊

私は私の世界を所有しているわけではない。角田光代の作品を読むたびにつきあたるのは、この主張である。所有することと占有すること、自分のものとして他人に主張することと他人に認められることなくその場に居座りつづけること。この違いを意識することは、角田作品を読むにあたって非常に重要な作業である。

もちろんこの所有と占有の違いというのは、法律とくに民法上の概念にもとづいたものであるが、『法哲学』におけるヘーゲルはそれを「人格」の問題に関係させている。たとえば人が自由にふるまうためには、自己に対する所有権を獲得していなければならない。そのために所有する私は、所有される私のことを知って記憶していなければならない。複数の人格がひとつの身体を「占有」するようなケース、つまり多重人格においては、記憶の喪失、より正確には記憶の複数化が問題になるのはそのためである。また、所有権なしの占有物というものは交換、贈与、売買することができないし、奪われることも定義上ありえない。したがって、私は恋愛をしていると確信するためには、私は自己を所有していなくてはならないことになる。

この小説には「ヤス子」という人物が、典型的な近代人として登場している。彼女は主人公に言われた「キャラクターが違うんじゃない?」という言葉に抗議し、「ほんとうの私」について演説をはじめる。また、蓼科は主人公を恋人としてわがものとすることに躍《やっ》起《き》になっている。主人公=語り手の視線はこれらの近代人には冷淡である。それはヤス子や蓼科が醜悪《しゅうあく》に描かれているというのとはやや違う。書き手は彼らを「表現」することに興味がない、と言ったほうが実感に合うかもしれない。

そのようにみていくと、駄目工作員としてアパートに潜入している、という状況以外はまるで普通の生活をしている主人公、というこの作品の設定は、はからずも角田光代なるものを象徴することになるかもしれない。「わたし」の部屋、「わたし」の大学、「わたし」の恋人、「わたし」の友人達。主人公はそれらについて何ひとつ所有権を主張することなく占有しつづけることになる。そして主人公自身も、話のはじまりから吉元のエージェントとして、彼の意志に占有されつづけている。最後に吉元が失踪《しっそう》してからのクライマックスがよくも悪くも感動的なのは、主人公がある意味そこではじめて「行動」するからだ。

そう考えると、著者が近年着手している『エコノミカル・パレス』等の「銭ゲバもの」は、主人公が所有欲あるいは所有することそれ自体について学習していく教養小説《ビルドゥングスロマン》として読むことができるだろう。そして今後読者として彼女の小説にたいして期待するのは、自分の身体が完全に他人によって占有されてしまうような状況、たとえば入院、逮捕、労働といった状況を描いた作品を読むことである。

いずれにしても著者が、「幸せであること」について語りうる希有《けう》な資格をもつ作家（たとえば志賀直哉《しがなおや》のような）であること、またそれが、牛腸茂雄《ごちょうしげお》の撮る「人間」がそうであるのと同じように怪物的なものであるということは、この「私は私の世界を所有しているわけではない」という、鋼《はがね》のようにかたい「教え」によるものである。この教えにふれるために私たちは彼女の作品を読み続けていくだろう。

（いけだ・ゆういち／文芸評論家）

本書は二〇〇〇年四月に角川春樹事務所より刊行されました。

ハルキ文庫

か 8-1

菊《きく》葉《は》荘《そう》の幽《ゆう》霊《れい》たち

著者　角《かく》田《た》光《みつ》代《よ》

2003年5月18日第一刷発行

発行者　大杉明彦

発行所　株式会社角川春樹事務所
〒101-0051東京都千代田区神田神保町3-27二葉第1ビル

電話　03(3263)5247(編集)
03(3263)5881(営業)

印刷・製本　中央精版印刷株式会社

フォーマット・デザイン　芦澤泰偉
表紙イラストレーション　門坂 流

ISBN4-7584-3040-3 C0193

http://www.kadokawaharuki.co.jp/[営業]
fanmail@kadokawaharuki.co.jp[編集]　ご意見・ご感想をお寄せください。